吉田雄亮

北町奉行所前腰掛け茶屋

実業之日本社

北町奉行所前腰掛け茶屋／目次

第一章　おい、と答えて

一

江戸北町奉行所正門の向かい側に、一軒の腰掛茶屋が建っている。

三方を葦簀で囲ってあった。

通りがわに縁台が四脚置いてある。

茶屋は、衝立で五つに間仕切りされていた。

間仕切りのなかには、飯台を囲むように、四台の床几が置かれている。

この腰掛茶屋の客は、北町奉行所で日々取り扱う喧嘩口論、金銭貸借、間男、盗み、火元争い、詐欺、横領、家督争いなどの訴えや孝子、義僕、節婦、奇特者への賞表、御褒美(ごほうび)を賜る(たまわ)ために呼び出された者たちがほとんどだった。

北町奉行所内の公事(くじ)控所が手狭なために、この茶屋が待合場所として利用されているのだった。

同様な役割の腰掛茶屋は、南町奉行所の前にもあった。

八丁堀(はっちょうぼり)風に小銀杏髷(こいちょうまげ)に結い、縞木綿の小倉の角帯を締めて、素足に草履(ぞうり)履きといった出で立ちの下番と呼ばれる小者が、同心の指図のもと茶屋にやってきて、

「某(なにがし)町某の一件の者、入りましょう」

と、声をかける。

呼ばれた客は、

「おい」

と答えて、北町奉行所に入っていき、調所か白洲(しらす)へ行くと決められていた。

この腰掛茶屋の主人弥兵衛(やへえ)は小柄で痩身、白髪交じりで長い顔、こぢんまりとした目鼻立ちの、どこにでもいるような顔つきの男だった。年の頃は五十代後半、風采の上がらぬ、好々爺(こうこうや)であった。

茶や酒以外に腰掛茶屋で出す品は、団子に大福、握り飯と変わりばえのしないも

のが多い。

が、この茶屋では弥兵衛が料理づくりに凝っているのか、月々、自分で工夫した甘味や各所の名物甘味などをつくって供していた。

茶屋の親父になりきるために町人髷に結っているが、実は弥兵衛は二年前まで北町奉行所の例繰方与力であった。

松浦弥兵衛。

それが、家督を嫡男紀一郎に譲って隠居するまでの、弥兵衛の名乗りであった。

例繰方とは、御仕置にかかわる刑法例規取調、書籍編集を掌る役向きである。

南北両町奉行内において、

〈与力・同心にとって御法度を習う教場の如し〉

と評されるほどの厳格極まる部署であった。

弥兵衛は内役の例繰方として、見習い与力として出仕したときから退任するまでの間、北町奉行所が扱った事件のすべてを、調書をもとに書き記し、編纂してきた。控えてきた事件のあらかたのところは、記憶している。豪語ではなく、それが弥兵衛の自慢とするところであった。

殺伐とした御仕置について書き記す日々を送ってきた、弥兵衛の唯一の楽しみは料理づくりだった。料理だけではない甘味づくりにも精を出した。

弥兵衛が料理づくりに興じたのには、わけがあった。

妻の静が、紀一郎を産み落とした後、産後の肥立ちが悪く急死したために始めたのだった。

乳飲み子を抱えて苦労している弥兵衛を見かねて、隣の屋敷の主、年番方与力中山甚右衛門の父の左衛門が、懇意にしている口入れ屋に下女の手配を頼んでくれた。

そのとき、下女として屋敷に奉公に上がったのが、二十歳になったばかりのお松だった。

小太りで丸顔、どんぐり眼のお松は、よく気のきく、気のいい女だった。独楽鼠さながら身軽に動き回るお松は、紀一郎の子守に、掃除、炊事と陰日向なく働いてくれた。

大工だったお松の亭主は、半年前に酒の上の喧嘩で、土地のやくざに刺し殺されていた。

紀一郎の面倒をみながら、弥兵衛の世話をしているうちに歳月が流れ、いまではお松は五十の齢を数えている。

陰日向なく働いてくれたお松の行く末を案じた弥兵衛は、北町奉行所前の茶屋の親父が、老齢になったため茶屋を売りに出す、という話を聞き込み、言い値で茶屋を買い取ったのだった。

弥兵衛の跡を継いだ紀一郎は、一刀流皆伝の腕をかわれて、市中の治安を管轄するために昼夜の町廻り、火事場への駆けつけなどを任務とする北町奉行所非常掛り与力として務めている。

一年前に紀一郎は中山の娘、千春（ちはる）を娶（めと）った。

松浦家は頑固で不器用、世渡り下手で、やたら道理を振りかざし、正論を吐いて譲らぬ性格ゆえ疎（うと）まれた弥兵衛の父、弥右衛門（やえもん）の代から、与力仲間から厄介者扱いされていた。

一刀流皆伝の腕を持ちながら、弥兵衛がその業を振るうことのない例繰方に配されたのは、仲間外れにあった弥右衛門のせいでもあった。

そのためか紀一郎と千春の婚儀も、当初は中山の反対にあい、相思相愛の仲であるにもかかわらず、すんなりとはすすまなかった。

八丁堀小町と噂されるほど美形の千春には、多くの縁談が持ち込まれた。

が、千春は、それらの話に見向きもしなかった。

二十歳も過ぎ、行き遅れても、

「生涯添い遂げるお方は、紀一郎さまと決めております」

と言いつづける千春に、中山が折れた。

ついに、ふたりの仲を許したのだった。

祝言した後は、それまでとはうってかわって、中山は紀一郎のよき後見役に徹している。

茶屋の親父となった弥兵衛を、お松は相方として支えてくれていた。

「ふたりだけでは、茶屋の切り盛りは難しいとおもいます。あたしの縁続きの娘を手伝わせましょう」

と言い出したお松に、

「そうしてくれ」

二つ返事で、弥兵衛はこたえたものだった。

呼びかけに応じてきてくれたのが、お松の遠縁の、千住宿の鍼医者の娘、お加代であった。

愛嬌たっぷりで、野に咲く花のように可憐な、大きな黒目がちな目にほんのりとした色気のある美形のお加代は、たちまち茶屋の看板娘として評判をとった。

外に置いた縁台に、お加代目当ての若者たちが、連日顔を出すようになったのだった。

二

茶店の奥の板場で、注文を受けた団子を皿に盛り付けていた弥兵衛の手が止まった。

気を集中し、耳をすます。

表にある縁台に座っていた客たちが、建屋の裏側に移動していく気配を感じとっている。

縁台には、お加代目当てに通ってくる若者たちがたむろしていた。

北町奉行所に呼び出された町人たちの、待合所ともいうべき茶屋である。

それぞれが、善きにつけ悪しきにつけ、それなりの事情をかかえている。茶屋の飯台を囲んだら、いま抱えている問題事の話になるのは当然の成り行きであった。

なかには、表に漏れたらまずい話もある。弥兵衛は、奉行所にかかわりのない客は外の縁台に座らせ、見世には入れないようにしていた。

縁台に座っている連中が裏へ移動するときは、茶屋にいる客たちを呼び出すために下番が出てきたときであった。

縁台に座って、茶を一杯たのんだだけで粘っている客たちのほとんどが、働いていない、いわゆる遊び人だった。八代洲河岸にある定火消屋敷に詰めている、臥煙ともいわれる火消たちもまじっている。

火事が起きないかぎり、臥煙たちは閑でやることがなく、長屋でごろごろしている。懐がさびしい連中である。火の手が上がったときは、すぐ屋敷へもどらなければいけないので、定火消屋敷から遠くへ出かけることができない。近場に遊所もないこともあって、北町奉行所前の茶屋に通ってくる者が多かった。

閑を持てあましてぶらついている連中は、たとえ小者でも町奉行所の息のかかった者は苦手なのだろう。

裏手は濠に面している。

向こう岸には、大奥や御城に呉服を納入する後藤や酒問屋が集まる呉服町、西河岸町、元大工町などの町並みが連なっていた。

濠には酒樽を積んだ荷船が行き交っている。

陸揚げされた薦（こも）酒樽などを大八車に積み込み、建ちならぶ荷受け主の酒問屋に運んでいく活気ある風景が、そこにはあった。

仕事の合間に、町の息吹が感じられるそんな景色を、弥兵衛もぼんやりと眺めたりしている。

（なぜか飽きない風景。荷船や大八車が動き回っていて、微妙に様子が変わっていく）

裏手に行った連中も、そんな気持ちでいるのかもしれない。そうおもった弥兵衛の耳に、

「神田須田町（かんだすだちょう）の裏長屋冨八店（とみはちだな）の者、孝子賞表の一件、入りましょう」

とよばわる下番の声が飛び込んできた。

大家だろうか、

「おい」

とこたえている。

衝立で仕切られた、外側の一角で冨八店の住人たちが、立ち上がる気配がする。

「お勘定（かんじょう）、ここに置いとくよ」

と声をかけた住人のひとりに、

「たしかに。ありがとうございます」

とお松が応じた。

一斉に出て行く足音が聞こえる。

やっていた団子の盛り付けをやめ、弥兵衛が角盆を手にして、後片付けに出て行った。

「あたしがやります」

お加代が近寄ってくる。

「ふたりでやろう。そのほうが早い」

弥兵衛が笑みを向けた。

三

冨八店の大家や住人たちが飲み食いした茶碗や、団子の竹串などが残された甘味をのせていた皿を角盆に片付けている弥兵衛の耳に、間仕切りの向こうの話し声が入ってきた。

「この数日、人相の悪い男たちが長屋にやってきて、店子(たなこ)たちをじっと見つめたり、部屋をのぞき込もうとしたかとおもえば、薄ら笑いを浮かべて近寄ってきたりして、用があるともおもえないのに一日中うろついて、夜になったら引き上げていく。何のためにそんなことをしているのか、わけがわからない。気持ち悪いし、大家さん、何とかしてくれないか」

「そうは言ってもなあ。あの男たちは何も悪さはしていない。気持ち悪いから長屋に出入りするな、と言うのは簡単だが、因縁(いんねん)をつけられて居座られたりしたら、かえって面倒なことになる。もう少し様子をみよう」

大家らしい男がこたえている。

「そりゃあないですよ。みんな、困ってるんだ。長屋のみんなが安心して暮らせるように手配りするのが私の仕事だ、といつも言っているけど、口だけですかい」

不満そうな声を上げた男に、

「もうしばらくの辛抱だ。相手にしなければ、そのうち連中も顔を出さなくなるよ」

なだめるようにこたえる声が聞こえた。

「いつも、この調子だ。張り合いがないったら、ありゃしねえ」

そこで、話が途切れた。

口を開く者がいないのか、間仕切りの向こうは静まりかえっている。
引っ掛かるものを感じて、弥兵衛は首をひねった。

「後は頼んだよ」

小声でお加代に言う。

「やっておきます」

応じたお加代に無言で笑いかけ、弥兵衛は間仕切りを出た。

話し声が聞こえた間仕切りに近寄る。

隙間から、さりげなく飯台を囲む顔ぶれをたしかめる。

小太りで五十がらみ、白髪頭の男と、色黒の男ふたりが床几に座っている。

見知らぬ男たちだった。

間仕切りから離れて、弥兵衛は外へ出た。

裏へ行っていたふたりが、もどってきて縁台に座ろうとしている。

連日、お加代を目当てに通ってくる遊び人の啓太郎と定火消の半次だった。

気が合うのかお加代も、手がすいたときにはふたりと親しげに話している。

よくふたりと連れ立ってくる仲間たちからお加代が聞いたところによると、半次は、定火消屋敷の前に捨てられていた孤児で、定火消人足頭に拾われ育てられたという。

外目には威勢がよくてがらっぱちの、生粋の江戸っ子に見える半次だが、時折、頼まれもせぬのに茶店の後片付けを手伝ったりする、気遣いのある男だった。年の頃は二十代半ば、眉の濃い、目鼻立ちのはっきりした、引き締まった体軀の好男子で、稼業柄、機敏で、小気味のよい動きをしている。

同じ年頃の啓太郎は、細身で長身、切れ長の目に特徴のある眉目秀麗な、歌舞伎の女形がつとまりそうな優男だが、大の武術好きで無外流免許皆伝の腕の持ち主だった。さる大店の主人の妾腹の子、という噂もある。

かつては北町奉行所の与力だったことを知る名主たちから、弥兵衛は町内の揉め事の相談を受けることが多かった。

一件が町奉行所の扱いになると、調べのため、当事者だけでなく大家も呼び出される。時において、名主、地主・家主まで町奉行所へ行かなければならない。

その煩わしさを避けるために、町年寄、名主ら町役人たちは、できうるかぎり町内で揉め事を落着するように心がけていた。

例繰方として勤め上げ、多くの事件に精通し、その上、茶屋の主人として町人同然の暮らしをつづけている弥兵衛は、町役人たちにとって得がたい相談相手だったのである。

最初は、町役人から相談を受けていた事柄だけを調べていた弥兵衛だったが、いまでは茶屋で耳にした気になる話も探索している。

そうやって調べ上げた一件のなかには、例繰方として捕物帖に書き記してきた、落着されていない事件にかかわる揉め事も含まれていた。

例繰方として、調書を簡潔にまとめるために読み返していると、探索のやり方次第で、この一件は落着していないのではないか、と首を傾げるような事柄に何度も出くわしていた。

落着しないまま調べを終えた事件と、かかわりがありそうな揉め事を見つけ出し、できれば落着する。それが、弥兵衛の生きがいにもなっている。

揉め事を落着するためには、それなりの探索をつづけなければならない。

争い事にかかわりがある者のなかには、無頼漢（ぶらいかん）同然の者もいた。

探索の途上、それらの不心得者たちが何度も弥兵衛を襲ってきた。

最初は無手で、次は杖、さらに木刀で身を守ってきた。

が、いまは仕込み杖を手に、探索に出かけている。

そんな弥兵衛に興味を持ったのか、いつのまにか茶屋の常連の半次と啓太郎が探索を手伝うようになった。

茶屋から出てきて、首を傾げた弥兵衛を啓太郎と半次が興味津々、見つめている。

その視線を感じて、弥兵衛が目を向けた。

さりげなくふたりがそっぽを向く。

(気になる話だが、聞き込んだばかりだ。巻き込むには、まだ早い)

そう判じた弥兵衛は、ゆっくりと首をまわして右手で左肩を軽く叩き、一休みした風を装って、見世へ入っていった。

四

「神田明神下安蔵店、自前駕籠舁きふたり、駕籠持ち分訴えの一件。入りましょう」

下番の呼ばわる声が聞こえた。

餡をまぶした串団子を皿に置いた弥兵衛が、板場との境の柱に歩み寄り、見世をのぞく。

「おい」

と答えて、気になる話をしていた男たちが、間仕切りから出てくるのが見えた。

見世の前で待っていた下番にしたがって、男たちが北町奉行所へ向かって歩いて行く。

手招きした弥兵衛に気づいて、お松が近寄ってきた。

「いま呼ばれた安蔵店の連中が、奉行所から出てきたら出かける。後は頼む」

小声で話しかけた弥兵衛に、

「仕方ありませんね。旦那さまは、お勤めの間はやりたくてもできなかったことを、やろうとしていなさる。気持ちはわかりますけど、気をつけてくださいね。無理は禁物です。紀一郎さまも心配しておられます。留守は預かります。まかせといてください」

半ば心配顔で、お松が応じた。

「紀一郎には内緒だぞ」

唇に手をあてて、弥兵衛がいった。

「訊かれたら、話します」

そっけなくこたえたお松に、

「そういうことか」

渋面をつくって、弥兵衛が目をしばたたいた。

半時(はんとき)(一時間)ほど過ぎた頃、弥兵衛は見世先へ出た。

こみいった一件でないかぎり、ほぼそれくらいの間隔で調べが終わることを、弥兵衛は知っている。

北町奉行所から安蔵店の大家たちが出てきた。

呼び出しにきた下番が、

「自前駕籠舁きふたり」

と呼ばわっていた。

連れのふたりは駕籠舁きなのだろう。

三人で和気あいあいと話し合っていた。おそらく吟味方の与力が、それぞれにとって納得のいく裁きをしてくれたのだろう。

大家たちに気づかれないほどの隔たりをおいて、弥兵衛が足を踏み出した。

歩調を合わせてつけていく。

通りに面した飯台の後片付けをしていたお加代が手を止めて、弥兵衛の後ろ姿を見やった。

視線を、縁台に座っている啓太郎と半次に走らせる。

ふたりは、縁台から立ち上がっていた。

顔を見合わせてうなずき合う。

まず半次が歩きだした。

弥兵衛をつけていく。

十数歩遅れて、啓太郎も半次についていく。

そんなふたりを、お加代が興味ありげに眺めている。

五

安蔵店の路地木戸をくぐって、大家たちが入っていく。

つけてきた弥兵衛は長屋の前で立ち止まり、周りを見渡した。

通りをはさんで向かい側に、路地木戸からつらなるどぶ板まで見通せる通り抜けがあった。

町人髷に結った弥兵衛は、そこらの隠居にしか見えない。

歩を運んだ弥兵衛は、大胆にも通り抜けの出入り口の際(きわ)に腰を下ろし、町家の外壁に背をもたれた。

傍目(はため)には、歩き疲れた隠居が一休みしているとしか見えない。

が、弥兵衛の目は油断なく路地木戸の奥に向けられていた。

どぶ板のつらなる道の左右に長屋が建っている。

右手の建屋は、一棟の両側に貸間がある棟割(むねわり)長屋のようだった。

路地木戸の脇に右へ曲がる横道が見える。どぶ板道とは反対側に表戸がある住まいへ出入りするための道とおもわれた。

一番奥と手前の表戸の間に、駕籠が一丁置いてある。

呼び出しにきたときに下番が、

「駕籠持ち分訴えの件」

とよばわっていた揉め事のもとが、あの駕籠なのだろう。

路地木戸をはさんで表店(おもてだな)が建っている。左手の一軒は桶(おけ)屋だった。右手は二階建ての町家だった。

小半時（三十分）ほど過ぎた頃、町家の裏手から出てきた遊び人風の男が、路地木戸を抜けて通りへ現れた。

年の頃は三十半ば。月代（さかやき）をのばした、中背で痩身、狐目の男だった。

左へ曲がる。

六軒ほど町家がつらなった先に横道があった。

男は、そこへ入って行く。

ほどなくしてそこから、まばらな毛で一本につながっているようにも見える太い眉、鷲鼻（わしばな）で分厚い唇の、着流しの男が出てきた。

四十そこそこの長身でがっちりした体格の、みるからに屈強そうな男だった。のばして乱れた月代が、顔に凄（すご）みをくわえている。

肩を揺すりながら、太い眉の男が路地木戸から長屋へ入っていった。

ゆっくりとした足取りですすみながら、時々立ち止まっては長屋のなかをのぞき込んだりしている。

弥兵衛は、凝然（ぎょうぜん）と見つめた。

（何のためにあんなことをやっているのか、さっぱり見当がつかぬ。住人たちは、薄気味が悪くて仕方がないだろうな）

長屋の突き当たりにある井戸で水を汲んできたのか、両手に手桶を下げた、粗末な出で立ちの中年の嬶（かかあ）が、男を見て棒立ちになった。

恐れに、顔が歪んでいる。

男も足を止めた。

嬶が目をそらし、長屋の軒下に沿って逃げるように男の脇を通り過ぎる。

振り向いた男が、にんまりと凄みのきいた笑いを浮かべて嬶を見た。

おもわず弥兵衛は首を傾げていた。

（ただの厭がらせともおもえぬ。男ふたりが、交代で長屋のなかを歩き回ったり、住まいをのぞきこんだりしている。ふたりがかりというのが気にかかる。何かわけがあるはずだ。待てよ）

胸中でつぶやいた弥兵衛は、あることに気づいた。

（長屋をぶらついているのは、あのふたりだけなのだろうか。他にも、長屋にやってきて、用もないのにぶらついている連中がいるのではないか。もしそうだとしたら、何のために、そんなことを）

再び首を傾げる。

（明日は早めにきて、どんな奴らがぶらついているか、たしかめなければなるまい）

そう決めて、弥兵衛は太い眉の男に目を据えた。

六

暮六つ（午後六時）を告げる時の鐘が鳴り終わった。

弥兵衛は同じ場所にいる。

少し前に交代して、いま長屋には弥兵衛が張り込み始めたときに路地木戸から出てきた狐目の男がいた。

仕事を終えた男たちが帰ってきている。

嬶たちは、とうにそれぞれの住まいへ入っていた。

男は、路地木戸の近くをふらついている。

時々帰ってきた店子たちの前に立ち塞がったりして、足を止めさせていた。

店子は、そんな男に抗うことなく、目を合わさないようにして、脇を通り抜けていく。

狐目の男は、店子たちをしつこく追いかけるわけでもなく、その場を動こうとしない。

（茶屋で耳にしたとき、この数日、人相の悪い男がやってきて、といっていた。店

子たちは、ただの厭がらせとはおもえない、と考えているはずだ。男たちは、何のためにこんなことをやっているのだろう）

首をひねった弥兵衛の目に、歩み寄ってくる啓太郎の姿が映った。

ゆっくりと弥兵衛が立ち上がる。

そばにきた啓太郎に、弥兵衛が小声で話しかけた。

「つけてきたのはわかっていた。半次はどうした」

「さっきまで一緒だったんですが、定火消屋敷で火消仲間の寄り合いがあるんで引き上げる、といって帰っていきました」

「そうか」

興味津々、啓太郎が訊いてきた。

「今度はどんな調べ事で」

「まだわからぬ。これからだ」

ぶっきら棒にこたえた弥兵衛に、

「とことんつきあいますぜ」

顔を寄せて、啓太郎が不敵な笑みを浮かべた。

「無茶はいかぬぞ。おまえは母一人子ひとりの身だ。おまえに何かあったら、おっ母さんに申し訳がたたない」

　不愉快そうに顔をしかめて、啓太郎が応じた。

「余計なお世話ですぜ。おっ母あは、はずみでおれを産んだだけだ。生まれたときから後ろ指をさされながら生きてきたんだ。すべておっ母あのせいだとおもっている。おれのことなんか、ちっとも心配していませんよ」

「また、そんなことをいう。もう少し、おっ母さんを大事にしろ」

　舌を鳴らして、啓太郎がいった。

「おっ母あの話は、もう止めましょう。それより、親爺（おやじ）さん、おれの気持ちもわかってくださいよ。おれは、はじめて親爺さんの探索を手伝ったときのことを忘れられないんだ。落着したとき、揉め事から逃れられた婆（ばあ）さんが、啓太郎さん、おまえさんにも世話になったね。ありがとうよ、と目にいっぱい涙をためて礼をいってくれた。人の役に立つって、こんなに嬉しいものなんだ。初めて他人から喜んでもらえた、と気持ちが沸き立った」

　まっすぐに弥兵衛を見つめて、啓太郎がつづけた。

「二度と、おっ母あに申し訳が立たないなんて、いわないでくださいよ。これまで何度も調べごとを手伝ってきたじゃないですか。何でいまさら」

「わかった。好きにしろ」

突っ慳貪な言い方だったが、実のところ、弥兵衛は啓太郎が探索を手伝ってくれることは大歓迎だった。

町人ながら無外流皆伝の腕の啓太郎は、修羅場になるとおおいに頼りになる男だった。

口調を変えて、弥兵衛がことばを重ねた。

「気になることがある。つきあってくれ」

「どこへでも」

こたえた啓太郎が、歩きだした弥兵衛につづいた。

七

路地木戸から町家を六軒すすむと横道がある。

三叉にさしかかったところで、弥兵衛は立ち止まった。

啓太郎も足を止める。

横道の角に立つ町家の外壁に背中をもたれて、太い眉の男が地べたに腰を下ろしている。

「やっぱりいたか」

男をのぞき込むようにして、弥兵衛が声を上げた。

じろり、と男が振り向いた。

「何だ。おまえなんか知らねえぜ」

「訊きたいことがあるんだ」

「訊きたいこと？」

鸚鵡返しをした男に、弥兵衛がいった。

「さっき通り抜けの出入り口のそばで一休みしていたら、おまえさんと狐目の男がみょうな動きをしていた。なんで、そんなことをやっているのか気になってな。わけを知りたくてやってきたんだ」

鼻先で笑って、男が応じた。

「何もやってねえよ。見間違いじゃねえのか」

「さっきあの長屋から出てきて、この横道に入ったろう。入れ替わりに、いま長屋へ入って行った狐目の男がここから出てきた。そいつが長屋に行くのは、おれが見始めてから二度目だ」

太い眉の男が睨みつけた。

「爺さん、つまらねえことをおもしろがるのは止めな。早く家に帰って、飯でも食って寝たほうがいいんじゃねえのか。へんに首を突っ込むと怪我をするぜ」

口をあんぐりと開け、呆気にとられたような顔をつくって弥兵衛が応じた。

「誰が怪我をするんだい。おまえさんかい」

大きく舌を鳴らした男が、裾を払って立ち上がった。

弥兵衛を見下ろして、凄んだ。

「爺さん。いい加減にしな。ここから消えろっていうんだ」

「消えろ？　おかしなことをいうんだね。ここは天下の往来だ。どこで何をしようと勝手だろう」

「減らず口を叩くのも、そこまでにしな」

視線を移して、啓太郎に告げた。

「若いの。爺さんをどっかに連れていくんだ。でなきゃ、おれの堪忍袋の緒が切れるぜ」

こたえた啓太郎が、

「切れたら、どうなるのかい」

にやり、とふてぶてしい笑いを浮かべる。

「てめえ」

男の声が尖った。

弥兵衛が割って入る。

「疲れた。どこかで一休みするか」

周りを見渡した。

「向こうがよさそうだな」

顔を啓太郎に向けて、ことばを継いだ。

「つきあっておくれ」

「わかりやした」

うなずいた啓太郎が、足を踏み出した弥兵衛につづいた。

「何のつもりだ」

不機嫌をあらわに男が怒鳴った。

振り向くことなく弥兵衛は歩を移していく。

横道を正面から見通すことができる町家の脇に、弥兵衛と啓太郎がならんで腰を下ろした。

いまいましげに唾を吐き捨て、男がふたりを見据えている。

第二章　思い半ばに過ぐ

一

半時（一時間）ほどして、狐目男が横道にもどってきた。待っていた男と何やら話している。

時折、弥兵衛たちを睨みつけたりした。

弥兵衛と啓太郎も、そんな男たちから目を離さない。たがいに様子を窺い合って、時が過ぎた。

小半時（三十分）ほどして、男たちが動いた。

弥兵衛たちを一瞥した後、横道から出て通りに足を踏み出した。

歩いていく。

「つけますか」

訊いてきた啓太郎に弥兵衛がこたえた。

「今日のところは止めておこう」

「なぜです」

怪訝（けげん）そうな顔をした啓太郎に、

「明日もう一度、長屋を張り込む。おそらく、あいつらか、仲間がきているはずだ。そいつらをつければいい」

男たちに目を向けたまま、弥兵衛が応じた。

「こないかもしれませんぜ」

不満そうにいう。

「くるだろう。茶屋できいた長屋の大家や住人たちの話によると、ここ数日、男たちが長屋をぶらついているそうだ」

「そうですか」

「曲がるぞ」

かけた弥兵衛の声に、啓太郎が目を向ける。

ひとつめの辻を左へ折れる、ふたりの姿が見えた。

見届けた弥兵衛が、啓太郎にいった。

「飯でも食うか」

「ごちそうになります」

笑みを浮かべて、啓太郎が応じる。

無言で微笑(ほほえ)み、弥兵衛が立ち上がった。

歩きだす。

啓太郎がならった。

男たちが消えた辻を通り過ぎて、しばらく行ったところで弥兵衛が小さな声で話しかけた。

「今夜は、わしのところへ泊まれ」

「泊まる？　自分の家に帰りますよ」

応じた啓太郎に、弥兵衛が告げた。

「つけられている。住まいを知られたら、おっ母さんに迷惑がかかるぞ」

「つけられている？　ほんとですかい」

気を集中すべく、啓太郎が足を止めかける。

すかさず弥兵衛が声をかけた。

「立ち止まるな。気づかれた、とあいつらに教えてやることになる」

「わかりました」

こたえた啓太郎が、歩きながら気を注ぐ。

ややあって、

「親爺さんのいうとおりだ。つけられている。修行が足りねえ。やりなおさなきゃ」

とつぶやいた。

「わしたちが入っていく先を見たら、奴ら、どんな顔をするかな」

「見たいですねえ、顔を」

にやり、とした啓太郎に、

「急ごう。腹が減った」

声をかけて、弥兵衛が早足で歩きだした。

八丁堀の、屋敷の建ちならぶ一角……。

とある冠木門（かぶきもん）の前で、男たちが愕然（がくぜん）と立ち尽くしている。

「爺と連れの野郎、たしかにこの与力の屋敷に入って行ったよな」

太い眉の男が訊く。

「間違いねえ。おれも、この目で見た」

こたえて、狐目男がことばを継いだ。

「あの爺たち、町奉行所の与力とかかわりがあるのかな」

「面倒なことにならなきゃいいが」

表門を見つめて、太い眉がつぶやいた。

二

屋敷には、紀一郎夫婦が暮らす母屋のほかに若党と中間（ちゅうげん）ふたりが暮らす長屋や、弥兵衛の隠居所ともいうべき離れが建っている。

同居して暮らしたら、紀一郎夫婦にみょうな気を遣わせることになる。そう考えた弥兵衛が、職を辞するときに物置を離れに造り替えたのだった。

その折り、掘っ立て小屋同然の物置も造っている。

茶屋を買い取る金と離れと物置を造ったことで、例繰方として長年勤め上げたことにたいする報奨金のほとんどを使い果たした。

日々のたつきを稼ぐためには、茶屋の売り上げをのばさなければならない。

町奉行所から呼び出された者たちの待合所ともいうべき茶屋である。客が絶えることはなかった。

売り上げを増やすために弥兵衛が考えついたのは、新たに甘味の種類を増やすということだった。

料理や甘味づくりを趣味にしてきた弥兵衛は、あちこちの名物を参考にして、毎月一品ずつ新たな甘味をつくり売り物にしよう、と決めた。

茶店を始めて一年あまり過ぎたが、それらの甘味が評判になり、いまではその甘味目当てにやってくる客もいる。

離れには、お松とお加代も同居していた。

四間ある離れの一間に弥兵衛、お松とお加代にそれぞれ一間、残る一間は客間として使われている。

弥兵衛が新たな甘味をつくるために勝手で動き回っているときには、お松は一切話しかけない。

下手に口出ししたら、途端に弥兵衛の機嫌が悪くなることを、長年の付き合いからお松はわかっていた。

離れの勝手は弥兵衛にとって、まさしく甘味づくりの戦場ともいうべき場所であった。

離れの裏口から弥兵衛が入ってきた。

その後ろに啓太郎がいるのに気づいたお松が、迷惑そうに眉をひそめて、突っ慳貪に声をかけてきた。

「悪いけど啓太郎さん、晩飯は用意してないよ。飯が残っているから、自分で握り飯でもつくっておくれ。泊まるのかい」

「そうです」

首をすくめて啓太郎が応じた。どうやらお松は苦手らしい。

顔を向けて、お松がいった。

「旦那さま、明日の甘味がありません。どうしますか」

「わかった」

神妙な様子でこたえた弥兵衛を、睨めつけるようにしてお松が、ちくりと釘をさした。

「捕物に精を出したい気持ちはわかりますが、茶屋の商いをおろそかにはしないでください」

「晩飯を食ってからつくる。饅頭でいいだろう」

「五十個ほどお願いします。晩飯は用意してあります。火を落としていないので、根深汁くらいはあたためられますが」

「頼む」

と応じて弥兵衛がつづけた。

「餅米でもとぐか」

勝手へ向かう。

「手伝いますよ」

声をかけてきた啓太郎に弥兵衛がいった。

「竈の火を熾してくれ」

「わかりました」

啓太郎が歩を運んだ。

勝手からつづく板敷きの間で晩飯を食べ終えた弥兵衛は、握り飯三個と根深汁に沢庵三切れをとっくに食べ終わって、茶を飲んでいた啓太郎に話しかけた。

「そろそろ餅米が炊き上がる。後片付けして、餅をつくか」

「そうですね」

空になった皿や汁椀をのせた丸盆を手にして、啓太郎が立ち上がった。

土間に置かれた臼に向かって、振り上げた杵を啓太郎が振り下ろす。なかに入れられた餅米に杵が食い込む。

臼の前に立つ弥兵衛が、ひしゃげた餅米に手を突っ込んでこねた。

餅を打つ杵の音が、間断なく土間に響き渡っている。

三

翌朝、弥兵衛たちがつくった饅頭五十個をくるんだ風呂敷包みを抱えて、お松たちが出かけていった。

小半時(三十分)ほど遅れて、弥兵衛と啓太郎は屋敷を出た。

弥兵衛は杖をついている。

そんなふたりに、目を注いでいる者がいた。

昨夜、弥兵衛たちをつけてきた太い眉の男だった。

近くの屋敷の塀の切れ目に身をひそめていた男が、気づかれぬほどの隔たりをおいてふたりをつけていく。


しばらく行ったところで、弥兵衛は顔を向けることなく、啓太郎に話しかけた。

「つけられている」

「さっき気配を感じました」

前を向いたまま啓太郎が応じた。

「一晩見張っていたようだな。これではっきりした」

「何がはっきりしたんで」

「見立てたとおりだ。つけてきた奴らは、どうやら臑に傷持つ連中らしい。何らかの狙いがあって、長屋をうろついているのだ。間違いない」

「それで今日から杖を」

無言で弥兵衛がうなずいた。

弥兵衛が手にしているのは。一見ふつうの樫の杖に見えるが、実は仕込み杖だった。

最初に手がけた捕物で、追い詰めた下手人に不意をつかれて、弥兵衛は危うく斬られそうになった。

幸いなことに近くに角棒が落ちていた。

それを拾って戦い、弥兵衛は危機一髪その場を逃れた。

（迂闊だった。探索していれば、危害を加えられる恐れもあるということに気づくべきだった）

懲りた弥兵衛は、身を守るため急ぎ仕込み杖をつくった。

男がつけてくる。

すべて承知の上で、弥兵衛と啓太郎は一度も振り返ることなく、茶屋へ向かって歩を移した。

四

「出かける支度をしてくれ」

着物をたたんでいた千春に、松浦紀一郎が声をかけた。

顔を向けて、千春が訊く。

「今日は非番ですのに」

「気になることがあってな。急ぎたしかめに行く」

「気になること？」

鸚鵡返しをした千春に、

「朝、庭に出て木刀の素振りをしていたら、仕込み杖を持って出かけられる父上を見た。時々、離れに顔を出している男も一緒だ」

「仕込み杖とよく出入りしている男ですか」

かすかに眉をひそめて、ことばを継いだ。

「お義父さまは、また捕物を始められたのですね」

「それをお松に訊きに行くのだ。どんなことにかかわっておられるか、早めにわかれば、それなりの手配りができる。ついでに奉行所に顔を出して、御義父上（おちちうえ）の耳にも入れておくつもりだ」

　心配そうな様子をみせてつづけた。

「内役の例繰方で終わられた父上だが、日々の木刀の素振りを欠かすことはなかった。いつの日か、爺様の偏屈と世渡り下手が招いた年番方与力の方々とのわだかまりが解けて、探索方の役向きに就くことができるかもしれない、との望みをもたれて、度々役替えを申し出られていた」

「父が、お義父さまから『役替えを望んでいることを年番方与力の方々に伝えてくれ』と頼まれて何度も動いたが、お義父さまの名を出すだけで、けんもほろろの返答しか返ってこない。困ったものだ、といっておりました」

「御爺様の偏屈は、半端なものではなかったようだ。本人は唯我独尊と仰有（おっしゃ）っていたようだが、すべてに筋道を立てなければ気がすまぬ質（たち）で、子供でも、あまりの我の強さと傲慢（ごうまん）さには閉口したものだ、と父上もいっておられた」

　いったんことばを切って、紀一郎がさらにことばを重ねた。

「父上は長年やりたかったことをやり始められたのだ。心配だから止めてくれ、と頼んでも、お聞き届けにはならないだろう。爺様ほどでもないが、父上も頑固さでは人並みはずれておられる。おれひとりでは手に余ると感じるときもある」

じっと千春を見つめて、紀一郎がつづけた。

「父上は、長い間、耐えてこられた。できることなら、命あるかぎり、父上のやりたいように過ごさせてやりたい。おれは、そうおもっている」

見つめ返して、千春がいった。

「わかっています。おもどりになったら、どんな具合か教えてください。わたしも、これからはお義父さまの様子に気を配ります」

「そうしてくれ」

応じた紀一郎に、

「すぐ支度をととのえます」

立ち上がり、千春が部屋から出て行った。

五

北町奉行所前の茶屋に顔を出した弥兵衛は、手招きして店の前へお松を呼び出した。

少し離れたところに立った啓太郎が、近くの武家屋敷の塀の切れたあたりに警戒の視線を注いでいる。

「屋敷からつけられている。おそらく張り込んでいたのだろう」

「どこにいるんです、そいつは」

見渡そうとしたお松に、

「見るな。気づいていないふりをして、ここまで引っ張ってきたのだ。北町奉行所の前だ。呼び出した連中が待ちくたびれて、どこかへ出かけたりしないか、下番たちは長屋門の物見窓から茶屋の様子に気を配っている。まず襲われる心配はない。帰り道が心配だったら、半次に声をかけ、臥煙(がえん)たちに屋敷まで送ってもらえ」

「くるんですか、半次さんは」

「多分、くるだろう。夕べは早く引き上げた。半次は捕物好きだ。わしと啓太郎の動きが気になっているはずだ」

「そうします。旦那さまは、これからどうするんです」

「出かける。それから、しばらく啓太郎が泊まることになる。そのつもりでいてくれ」

ため息をついて、お松が応じた。

「また、始まるんですね、捕物騒ぎが。すべて呑み込んでおります。茶屋はそつなくやっていきます。くれぐれも気をつけてくださいね」

「まかせたぞ」

声をかけ、弥兵衛が足を踏み出した。


昼過ぎ、弥兵衛と啓太郎は、長屋の前にいた。

ふたりが長屋の路地木戸に近づいたとき、つけてきた男の気配が薄れて、消えた。

「つけてきた奴が、どっかへ行きましたね」

話しかけてきた啓太郎に、弥兵衛がこたえた。

「わしの住まいと商い先は突き止めた。知りたいことはわかったんで、つきまとわなくて、よくなったんだろう。それより見ろ」

顎(あご)をしゃくる。

指し示した先、長屋の路地木戸からつづくどぶ板のつらなる路を、着流しの馬面(うまづら)の男がぶらついている。

立ち止まった馬面がとある住まいの表戸に近寄り、なかの気配をうかがっているのか、耳を寄せている。

見やった啓太郎が、

「昨日の男たちとは違いますね」

「これで、長屋に嫌がらせをしている連中は少なくとも三人いる、ということがわかった。横道に別の男がいるかもしれない。見に行こう」

応じて、弥兵衛が歩きだした。

啓太郎がつづく。


横道の辻で弥兵衛たちが足を止めた。

「いない。交代したときに休む場所を変えたんだ。やけに手回しがいい。手強い相手かもしれぬ」

つぶやいた弥兵衛に、まわりに視線を走らせながら啓太郎が応じた。

「おれもそうおもいます」

「長屋の、安蔵店の大家に会って住人たちの様子を訊いてみたい。わしは大家とは面識がない。土地の名主を訪ねて、大家への仲立ちを頼んでみる」

「おれは、長屋を張り込みます」

顔を向けて弥兵衛が告げた。

「おまえは家へ帰れ。いまならつけてくる者はいない。住まいを知られることはない」

「それはそうですが、しかし」

「おっ母さんにわけを話して着替えを用意してこい。しばらく、わしの屋敷に泊まるのだ」

「おっ母あを人質にとられでもしたら、身動きできなくなりますからね。とりあえず着替えを揃えてきます」

「家から茶屋へまわって、お松たちと一緒に屋敷に帰っていてくれ。お松には、半次に頼んで、屋敷まで送ってもらえ、と言っておいたが、啓太郎がいれば大丈夫だろう。お松に、半次には頼まなくてもよい、と伝えてくれ」

「わかりやした。それじゃ、これで」

浅く腰をかがめて、啓太郎が背中を向けた。

六

安蔵店のある一帯を受け持っている名主は庄右衛門（しょうえもん）だった。

名主にも階級がある。

もっとも身分が高いのは、家康が江戸に入城したときからの名主で草創名主といった。二番手は寛永頃までに名主になった古町名主で、三番手が平名主、門前名主の順であった。

名主たちは、町屋敷売買の書類を作成したり書き換えたりするたびに、金高百両につき二両、礼銀二枚を徴収した。

江戸時代は町年寄、名主、地主が承認しなければ、勝手に地所を売買することはできなかった。

不審な者や、調べたら悪事来歴があった者、他国からの渡り者などはたとえ金があっても、地所を買えなかった。

名主には、このほかに役料が払われたが、身分の上下によって金高が違った。

一町にひとりの場合が多かったが、なかには数町も受け持つ名主もいた。

名主の屋敷は、役所の一種でもあった。

名主は、ごく軽い民事的な紛争の制裁権を御上から与えられていた。たとえば金の貸し借りなどの些細な揉め事は、名主が処理した。

土地を所有している者を地主といった。

広い土地を所有している地主は、表通りには商家を、その裏には裏長屋を建てて店子に貸した。

建屋を所有する地主を居付地主といい、借家人たちからは、旦那と呼ばれていた。

居付地主は、長屋などの借家を差配させる者を雇った。雇われた者は家主、大家、あるいは差配ともいわれた。

地主たちは、町内に必要な掛かりを負担していた。

日を定めて寄り合った地主たちは、町にかかわるあらゆる事を話し合った。

江戸の町々は、土地の地主たちによって差配されていた。

それらの地主たちを束ねていた者が、名主だったのである。

庄右衛門は古町名主だった。

茶屋を開いたときに、弥兵衛の例繰方として培(つちか)ってきた経験と知識を惜しんだ町年寄の樽屋(たるや)藤右衛門(とうえもん)が、

「名主たちが町内の紛争を裁く際に、相談にのってもらいたい」

と申し入れてきた。

その申し入れを弥兵衛は、二つ返事で引き受けた。

多くの名主たちが弥兵衛に知恵を借りにきた。

そのたびに、弥兵衛は手を抜くことなく、事細やかに対応してきた。

そんな名主たちのなかに庄右衛門もいた。

突然、訪ねてきた弥兵衛を、庄右衛門は快く接客の間に招じ入れた。

座るなり、

「気になることがある」

と切り出した弥兵衛が、安蔵店の大家と住人たちが茶屋で話していたことが気になって調べたところ、人相の悪い男たちが交代で長屋をうろついていること、一休みするための場所とおもわれるところに、身を潜(ひそ)めていた男のひとりを見つけ出しからんでみたら、屋敷までつけられたこと、今朝方、屋敷を出たら、一晩中張り込んでいたらしく茶屋まで男につけられたこと、先ほど安蔵店をのぞいたら別の男がうろついていたことなどを一気に話した後、

「安蔵店の住人たちが、うろついている男たちをどうおもっているか、大家に訊いてみたい。わしは、安蔵店の大家を知らない。できれば庄右衛門に仲介の労をとってもらえぬか」

と申し入れた。

口をはさむことなく聞き入っていた庄右衛門が、

「わかりました。他ならぬ松浦さまの頼み。仲介の書状を書きましょう。暫時、お待ちください」

こたえて、別室へ向かうべく立ち上がった。

ほどなくして封書を手に庄右衛門がもどってきた。

「安蔵店の大家は安蔵という者です。この文を読めば、松浦さまの問いかけには、すべてこたえてくれます」

向かい合うなり差し出した。

「手間をかけたな」

受け取った弥兵衛が、封書を懐に入れる。

「一件が落着したら、ご面倒でしょうが教えてください」

(尋常ではないことが起きている)

様子から、庄右衛門のおもいが推察できた。

「承知した。急ぐので、これで引き上げる」

弥兵衛が腰を浮かせた。

その頃……。

元大工町の家にもどった啓太郎は、広げた風呂敷に着替えの衣類を積み重ねていた。

そばに座った母のお郁(いく)が、心配そうに見つめている。

「ほんとうに茶屋の弥兵衛さんのところに泊まるんだね。家を出る口実にしているんじゃないんだろうね」

話しかけたお郁を、顔をしかめて啓太郎が見やった。

「何度も言ってるだろう。嘘じゃねえよ」

「また捕物を手伝うのかい。危なくないのかい」

「危ないに決まっているだろう」

投げやりな啓太郎の物言いに、お郁が息を呑んだ。

「お願いだから、危ないことは止めておくれ。おまえは、あたしのたったひとりの子なんだからね」

啓太郎が睨みつけた。

「どうせ一生日陰の身で終わるんだ。もとをつくったのはおっ母あだぜ。四の五の言わずに、おれのやりたいようにさせてくれ」

突っ慳貪な口調だった。

口をへの字に結んで、箪笥の引き出しから衣類を取り出し、風呂敷の上に置く。

声をかけることもできずにお郁が、そんな啓太郎を悄然と見つめている。

七

茶屋の前に立った紀一郎に気づいて、空の丸盆を持ったままお松が近寄ってきた。

「訊きたいことがある。裏で待っている」

小声で話しかけた紀一郎に、お松が応じた。

「すぐ行きます」

無言でうなずいて紀一郎が足を踏み出す。

振り向いて、お松がお加代に呼びかけた。

「ちょっと出かけるよ。よろしくね、お加代ちゃん」

衝立の間から顔をのぞかせて、お加代がこたえた。

「注文を受けた茶と甘味は運び終わりました。ひとりで大丈夫です」

「すぐにもどるよ」

笑みを向けて、お松が背中を向けた。

濠を荷船が行き交っている。

向こう岸は酒樽を積んだ大八車数台が、蔵に入れる順番を待って酒問屋の前にならんでいた。

濠を眺めて、紀一郎は岸辺に立っている。

歩み寄ってきたお松の気配に、振り返って声をかけた。

「父上が捕物を始められたようだな。どんな一件か知っているか」

一歩後ろで立ち止まって、お松がこたえた。

「昨日から始まったこと、まだわかりません」

「父上は仕込み杖を手にして出かけられた。無頼相手の探索だから仕込み杖が必要なのだろう。探索している一件について、根掘り葉掘り尋ねたら、父上はご機嫌が悪くなる。だが、ほうっておくわけにはいかぬ。お松、わかったことを逐一知らせてくれ」

「わかりました」

しんみりした口調で紀一郎がいった。

「父上は、いままでやりたくてもできなかったことを始められたのだ。生きがいになっているはず。やり残した、と父上が思われていることを、思う存分やらせてあげたい」

「いまの若様のおことば、旦那さまがお聞きになれば、どんなに喜ばれることか」

独り言のように、お松がつぶやいた。

ふたりは、荷船の行き来する濠の景色を黙然と見つめている。

第三章　爪に火をともす

一

弥兵衛は、安蔵店の路地木戸の前に立っていた。
懐には、庄右衛門から安蔵に宛てた書状が入っている。
見たことのない、髭面（ひげづら）の男がぶらついていた。
「安蔵の住まいは、長屋の奥のしもた屋」
と、庄右衛門がいっていた。
路地木戸を抜けた弥兵衛は、どぶ板に沿って歩いて行く。
突き当たりに井戸が見えた。

そのそばで、嬶（かかぁ）ふたりが立ち話をしている。

井戸の手前で立ち止まった男は、向きを変えて路地木戸へ向かって歩いてきた。

井戸のほうへ行く弥兵衛と男の隔たりが、次第に狭まってくる。

すれ違いざまに男が弥兵衛に目を走らせた。

殺気のこもった鋭い眼差しだった。

気づかないふりをして、弥兵衛がやりすごす。

井戸に近づいて、弥兵衛が嬶に話しかけた。

「大家さんの家はどこだね」

肥った嬶が、

「あそこだよ」

右手の建屋の裏、井戸と向き合うように二階家が建っていた。

「まさしく目と鼻の先というやつだ」

つぶやいた弥兵衛に、嬶が応じた。

「訊くだけ野暮って話だね」

まん丸い顔に申し訳程度についている低い鼻をうごめかせて、嬶がにんまりする。

無言で笑みを向けて、弥兵衛が背中を向けた。

安蔵の住まいの一室に、弥兵衛はいる。

向かい合って座る安蔵が、弥兵衛から受け取った書状を読んでいる。

安蔵は、一年前に長年患っていた古女房が死に、いまは一人暮らしの身だった。

読み終えて、安蔵が顔を上げた。

「男たちには困り果てておりました。名主さまの仲立ち、願ってもないことです」

書状を折りたたみながら、安蔵がことばを重ねた。

「松浦さまは、北町奉行所例繰方の与力だったお方で、職を辞されたいまは北町奉行所前で腰掛茶屋をやっておられる、と書いてありましたが」

「隠居暮らしをするのが嫌でな。人と触れあうことができることをやりたいとおもって、茶屋を譲り受けたのだ」

「そうでございますか。ところで、男たちが安蔵店をうろついているという話、どこでお聞きになりました」

「先日、北町奉行所に呼び出され、わしの茶屋で下番の声がかかるのを待っていただろう。そのときに、男たちがぶらついているという話をしていたはずだ。その話し声が、わしの耳に入ってきたのだ」

納得がいったようにうなずいて、安蔵が問いかけた。

「たしかに、男がぶらついていて気色が悪い、と駕籠舁きをやっているふたりと話をしていました。しかし、何の揉め事も起きていないのに、なぜ、この一件を調べてみようという気になられたのですか」

「わしは例繰方として、さまざまな捕物の調べ書を扱ってきた。それらのなかには、引き金とおもわれる出来事が起きたときに調べ始めたら、多くの者が死なずにすんだのではないかとおもわれる事件も数多くあった」

「たとえば、どのようなことでございますか」

「犬や猫が相次いで斬られ、片足を切断されて殺された。そんなことが十数回つづいた。気味が悪いとおもいながらも、殺されているのは犬や猫だと、誰も調べようとはしなかった。が、やがて辻斬りが現れ、相次いで十数人殺された。探索方は懸命に調べた。しかし、手がかりがなく、下手人はわからずじまいに終わった。後でわかったことだが、殺し方が犬や猫のそれと酷似していた。斬られた上、片手か片足が切断されていたのだ」

ため息をついて、安蔵が訊いた。

「松浦さまは、男たちが用もないのにぶらついている今回のことには何か裏がある、とおもっておられるのですか」

「まだわからぬ。が、尋常ではない、と判じている。それで調べてみる気になった」

「そうですか。何なりとお訊きください。知っていることはすべて申し上げます」

険しい顔つきで、安蔵が応じた。

二

「どんな人たちが裏長屋に住んでいるのか、訊きたいのだが」

問いかけた弥兵衛に安蔵が話し始めた。

長屋には十五所帯住んでいること、多少暮らし向きがいいのは自前の駕籠舁きふたりと大工の所帯だけで、棒手振り（ぼてふ）の小商人や錺職（かざりしょく）などの居職、下駄（げた）直しなど外回りしている職人などの十二所帯は爪に火をともす貧しい暮らしぶりだという。

「一年近く店賃が溜まっているのが二所帯、数カ月ほど店賃が遅れているのは十所帯、毎月きっちりと払ってくれる店子が三所帯といったところです。さいわい居付地主さんが、店賃の取り立てを厳しく催促されないので、大家としてはたすかっていますが」

曖昧な笑みを浮かべた安蔵に、弥兵衛が問いを重ねた。

「店子たちは、ぶらついている男たちをどうおもっているんだろう」

「みんな、男たちが何のためにぶらついているのかわからなくて、怯えているようです」

「そうだろうな」

応じた弥兵衛が口調をあらためて訊いた。

「この一年の間に引っ越した店子や、引っ越してきた者はいるか」

「引っ越した店子はいません。住まいと仕事場を二家借りたくて探していた五十半ばの丑造という錺職の男が、たまたまうちの長屋に二家空きがあったので、五カ月前に引っ越してきました。仕事をしているときも、酒をちびちびやっていたほどの酒好きで、毎日浴びるほど呑んでいましたが、三カ月前に心の臓の病で急死しました。酒が災いしたのだとおもいます。それからが大変でして」

「大変？　何があったのだ」

問うた弥兵衛に、安蔵が応じた。

「身寄りが見つからなかったんですよ。請け人も、呑み仲間の丑造に頼まれ、金をもらって請け人になっただけの間柄、亡骸を葬るなんて迷惑な話だ。勘弁してくれ、の一点張りで埒があかない。それで私が仕方なく、無縁仏として葬ってやりました」

そのときのことを思い出したのか、ため息をついて安蔵がことばを重ねた。

「丑造の荷物を始末して、貸家札を出したら、一カ月ほどして客がつきました。先に決まったほうは仕立物を縫って暮らしを立てているお近さん、お町さん母娘で、それから二日ほどして丑造と同じ錺職の竹吉が決まりました。竹吉は、丑造が使っていた錺職の道具をただでもらえると聞いて、大喜びで引っ越してきました」

首をひねってから、安蔵がつづけた。

「やっと貸家が埋まったとおもったら、今度は得体の知れぬ男たちがぶらつきはじめました。男たちを追い払いたいのはやまやまですが、気色悪いだけで悪さを仕掛けてくる様子はない。何も起きていないのに、男たちのことを町奉行所に訴え出るわけにもいかない。どうしたらいいか困り果てています」

今度は、大きくため息をついて黙り込んだ。

じっと安蔵を見つめて、弥兵衛が話しかける。

「ぶらついている男たちを見張ったら、どんな動きをするだろう」

「見当もつきませんが、おそらく嫌がるでしょうね」

「そうおもうか。わしも同じ見立てだ」

「しかし、見張るといっても、見張ってくれる者のあてはありません。どうにもなりません」

にやり、として弥兵衛が告げた。

「わしが見張ろう。手先で動いてくれる若い衆がふたりいる。手分けして見張れば、それほど大変なことではない」

「本気で仰有(おっしゃ)っているのですか」

「本気だ。さっきもいったが、わしは尋常でないことには、必ず裏があると思っている。たんなる思い込みだったという結果に終わるかもしれぬが、それはわしの見立てが甘かった、と思い知るだけの話。次の調べ事をするときの肥やしにもなる。そのしくじりを生かしてやり直せばいい」

微笑みを浮かべて、弥兵衛がつづけた。

「見張るにあたって、頼みたいことがふたつある」

「何なりと仰有ってくださいませ」

「ふたり一組、交代で見張るのだが、休む場所が欲しい。安蔵の住まいの一間を使わせてもらいたい」

「自由に使ってください。部屋を用意します。もうひとつの頼みとは」

「わしたちに男たちを見張ってもらうと、店子たちに話してもらいたい。みんなに話す必要はない。ここにくる前に、長屋の井戸端で立ち話している嬶たちがいた。大家さんが直々に引き合わせた相手なら、それなりに頼りにしてくれるだろう。たとえば嬶ふたりでもいい。引き合わせてくれれば、その日のうちに長屋中にわしの噂が広がるはずだ」

「多分そうでしょうね」

きっぱりと弥兵衛が言い切った。

「男たちがまったく姿を現さなくなるまで、わしたちは見張りつづける。約束する」

「よろしくお願いします」

頭を下げた安蔵が、顔を上げていった。

「善は急げといいます。これから外へ出て、店子たちに松浦さんを引き合わせます」

「わしのことは、知り合いで武術の心得のある弥兵衛さん、と話してくれ。元与力などと聞いたら、店子たちがみょうな気を遣うようになる。そうなると、男たちのわしを見る目が違ってくる。警戒心を抱いて、いままでと違って陰で工作し、悪さを仕掛けてくるかもしれぬ」

「わかりました。それでは、武術の心得のある弥兵衛さん、顔合わせに出かけましょうか」

笑みをたたえて、安蔵が腰を浮かせた。

三

話し合ったのは半時（一時間）ほどだった。

安蔵とともに外へ出た弥兵衛は、まだ井戸端で話しているふたりの嬶を見て、おもわず苦笑いを浮かべた。

そんな弥兵衛に気づいて、安蔵が小声でいった。

「駕籠舁きの権太と助八の嬶のお直とお梅です。よほど気が合うのか、夕飯の支度を始める頃まで、毎日井戸端で長々と話しています。ふたりとも子供がいないので、閑をもてあましているんです」

「おしゃべり好きなら、好都合だ。噂がすぐ広まる。引き合わせてくれ」

「そうですね」

応じて安蔵が、足を踏み出した。

近寄ってくる安蔵に気づいて、嬶たちがしゃべるのをやめた。

愛想笑いを浮かべて、会釈する。

後ろにいる弥兵衛に気づいて、お直が訊いてきた。

「大家さん、こちらさんは」

「男たちを見張ってくれる弥兵衛さんだ。こう見えても武術の心得のある、頼りになる人だ」

「弥兵衛です。仲間ふたりと男たちを見張りますよ」

笑みを浮かべた弥兵衛を、上から下までじろじろと眺めて、お梅が首を傾げた。

「隠居暮らしの好々爺としか見えないねえ。とても武術の心得があるように思えないけど」

見やって、ことばを重ねた。

「大家さん、ほんとに、大丈夫なんですか」

「腕のほどは大家のわしが保証する。大船に乗った気でいるんだね。これから毎日きてくれるから、仲良くしておくれ。頼んだよ」

「ほんとに大船かねえ」

「頼りなさそう」

品定めでもするような目つきで、お直とお梅があらためて弥兵衛を見つめた。

「大家さん、私は、路地木戸のそばで男を見張ります」

「頼みますよ」

応じた安蔵が、お直たちに向き直った。

「みんなに、弥兵衛さんたちのことをつたえておくれ。いいね」

「わかりました」

「そうします」

ほとんど同時にふたりがこたえた。

三人に背中を向けた安蔵が、住まいへ向かって去っていく。

そんな四人を、髭面の男が立ち止まって見つめている。

井戸のほうを向き、路地木戸に背をもたれた弥兵衛が、杖を抱くようにして地べたに腰を下ろしている。

ぶらついている男が時折立ち止まり、凄まじい殺気を浴びせかけてきた。

何の反応も示さない弥兵衛に拍子抜けしたのか、小半時（三十分）ほど過ぎたころから、男は弥兵衛を見ないようにしている。

見張りだして一刻ほど過ぎた。

見ているうちに弥兵衛は、男がしばしば同じような動きをすることに気づいた。

竹吉やお近、お町母娘の家の前で足を止め、なかの様子を探るような素振りを繰り返している。

（なぜ、あそこで立ち止まるのか）

見当がつかず、弥兵衛はそのたびに首を傾げた。

夕七つ（午後四時）過ぎに啓太郎と半次がやってきた。

茶屋にきた半次に啓太郎が声をかけ、連れてきたのだった。

見張っている三人が気になるのか、男が何度も訝しげな、鋭い眼差しを向けてくる。

その視線に動じることなく、弥兵衛は啓太郎や半次とともに、男の一挙手一投足に目を注いでいた。

四

男が引き上げたのを見届けて、弥兵衛たちは安蔵店を後にした。

路地木戸から出たところで、半次が話しかけてきた。

「旦那、今日の様子からみて、片手間ではできねえ、と考えました。定火消屋敷にもどったらお頭(かしら)に、一件落着まで探索に集中させてもらいたい。調べにかかったら、どこにいるかわからない。半鐘が鳴ったときに、火事場へ駆けつけられるかどうか。申し訳ないが当分の間、火事場へ出る員数からはずしてほしい、と頼んでみます」

歩を運びながら、弥兵衛が応じた。

「近いうちにわしが挨拶(あいさつ)に行く。そうお頭につたえておいてくれ」

「わかりました」

定火消人足頭の五郎蔵(ごろぞう)は、弥兵衛が元与力だったことを知っていて、いままで半次が探索を手伝ってくれたときも、

「他人(ひと)さまの役に立つことだ。火事場へ駆けつけて、火を消す。それと同じような

ものだとおもう。探索のさなかで間に合わないときは、火事場へ駆けつけなくてもいい。気にしないで、旦那の役に立て」

と言ってくれていた。

つけてくる者はいない、と見極めたあたりで、定火消屋敷へもどる半次と別れた弥兵衛と啓太郎は、早足で八丁堀へ向かった。

屋敷に入ると、離れの近くにある庭木から三間ほど離れたところに、お加代が立っていた。

口に竹筒をくわえている。

見つけた啓太郎が、足を止めて声をかけた。

「吹針(ふきばり)の稽古(けいこ)かい」

竹筒を唇から離したお加代が、口中に含んだ針を抜き取った。

「腕が鈍るといけないからね」

こたえて、的にしていた木に歩み寄る。

つられたように弥兵衛と啓太郎も、その木へ歩を運んだ。

笑みを浮かべたお加代が、得意げに幹を指さす。

弥兵衛たちが、示された場所をのぞき込んだ。

幹の一カ所に、密集して多数の針が突き立っている。

驚いて啓太郎が声を高めた。

「お加代ちゃん、凄えな。群がるように針が突き刺さっている。まるで針山みたいだ」

微笑んでお加代が応じた。

「久しぶりに稽古したけど、腕は鈍ってないみたい」

顔を弥兵衛に向けて、ことばを重ねた。

「旦那さま、いつでも声をかけてくださいね。捕物は楽しいです」

うむ、と首をひねった弥兵衛が、しげしげとお加代を見つめた。

「気持ちはわかるが、お松ひとりでは茶屋を切り回せない。ふたりでしっかりと茶屋を盛り上げてくれ。頼んだよ」

「それは、そうですけど、あたしも探索の仲間に入りたいんです」

わきから啓太郎が声を上げた。

「旦那、お加代ちゃんにも加わってもらいましょう。見てのとおり吹針の腕は達者だし、たよりになりますよ」

じろり、と弥兵衛が啓太郎を睨めつけた。

「駄目だ。茶屋のお客さんに不自由な思いをさせるわけにはいかない。茶代を取っている以上は、気分よく過ごしてもらわないといけないんだ」

目を向けて、弥兵衛がつづけた。

「わかるな、お加代」

「そうします」

恨めしげに弥兵衛を見つめて、お加代がしょぼくれた。

五

下谷池之端仲町に白銀屋という煙管屋がある。

すでに大戸を下ろしていた。

あたりは寝静まっている。

奥の一室で九人の男たちが円座を組んでいた。

中心に色黒の眼光鋭い男、その右回りに、御店者の格好をしたふたりと遊び人風の男、左回りに一癖ありげな五人の男が座っていた。

眼光鋭い男は兄貴分の瀬田の銀次、御店者は白銀屋の主人寅吉、手代の与作、遊び人風はお役者の伊八、他の男たちは彦造、喜十、金七、昌五郎、長太。いずれも盗人狐火の万吉の手下であった。

表向きは堅気の煙管屋に見えるが、白銀屋は狐火一味の盗人宿だった。

長太が口を開いた。

「今日、おれが長屋をぶらついていたら、どこかの爺と、後からやってきた手下らしい若いふたりの男たちに見張られた。動きにくくて閉口したぜ。あいつら何者なんだ」

彦造が口をはさんだ。

「爺は北町奉行所の前にある腰掛茶屋の親爺だ。八丁堀にある与力の屋敷に住んでいる。若い奴のひとりも一緒に屋敷で暮らしているようだ。おれが爺たちの跡をつけてたしかめた。もうひとりは、どこの誰だかわからねえ」

隣に座る喜十が声を上げた。

「嫌がらせで長屋のなかをぶらついているなんて、生ぬるいんじゃねえのかい。おもいきって付け火して丸焼けにしたほうが、後々やりやすくなるとおもうんだが」

渋面をつくって、銀次が応じた。

「付け火して丸焼けにした後、どうやってお宝を探すんだ。おそらく丑造は床下にお宝を隠している。人目の多い一帯だ。掘り起こすのはむずかしいぜ」

わきから寅吉が咎(とが)める口調で言った。

「それにしても銀次兄貴、親分を殺すのが早すぎたんじゃねえのか」

睨み付けて、銀次が応じた。

「文句あるのか。一年前、三軒つづけて、家人奉公人を皆殺しにして奪った金の半金を分け前として、おれたちは受け取った。そのとき、残った二千両は一年後に分ける、という約束だった」

「狐火の親分は『ばらまくような金の使い方をしたら、足がつくもとになる。用心のため、まず半金を分配して、一年後に残る半金を分けることにする』と言われた。そのときは兄貴も納得していたじゃねえか。何で、殺したんだ」

銀次がこたえた。

「成り行きってやつよ。いつ残った金を分けるか訊きにいったら『まだほとぼりがさめていないような気がする。分けるのは、もう一年後にしよう』と言いだしたんだ。持ち金が心細くなっていたおれは、何度も頼んだ。が、聞き入れてくれねえ。あげくの果てに『欲をかきすぎるぜ。足がついたらどうするんだ。半金、渡してあるだろう。もうおめえの話は聞きたくない。帰れ』と煙管でおれの額を叩きやがった」

舌を鳴らして、寅吉が吐き捨てた。

「それで、かっとなって殺っちまったのか」

「仕方ねえだろう。金は丑造が預かっていることは知っていた。まさか心の臓の病で急死しているとはおもわなかった。痛めつければ、すぐ金の隠し場所を白状する、と高をくくっていたんだ」

うそぶいた銀次に寅吉が訊いた。

「どうやって金を手に入れるんだ。兄貴が『交代で長屋をぶらつき嫌がらせをして、長屋の住人たちを追い出そう』と言い出したときは、呆れ返ったぜ。先の見えない話だからな。いい知恵を出してくれよ」

「そうよな」

腕組みをして、銀次が黙り込んだ。

一同が、黙って銀次が口を開くのを待っている。

しばしの沈黙があった。

腕組みを解いて、銀次が告げた。

「丑造が借りていた貸家に住んでいる連中に近づいて家に入り込み、親しくなったふりをして、そのうち殺す。急ぎの仕事で旅に出た。留守番を頼まれた、と理由をつけて居座るんだ。そうなれば、いつでも夜中に床下を調べられる。錺職は簡単だ。白銀屋から煙管をつくってくれ、と注文を出せば、かかわりを持つことができる。やっかいなのは、仕立てをやっている母娘だ」

「どうやって近づくんだ」

訊いてきた寅吉に銀次が応じた。

「もう少し考えさせてくれ。錺職の家の床下に二千両あれば、母娘に用はないからな」

無言で一同がうなずいた。

六

翌朝、茶屋へ出かける前にお松は、弥兵衛に気づかれぬように離れを抜け出し、母屋へ向かった。

ほどなくして、お松は母屋の一室で紀一郎と向かい合っている。

お松は、

「父上が探索している一件について知りたい。調べてくれ」

と紀一郎から頼まれていた。

昨夜、お松はお加代に、いま弥兵衛がどんなことを探索しているか聞き出してくれ、と頼み、策をさずけた。

お加代が吹針の稽古をして弥兵衛の気を引き、探索を手伝わせてくれ、と頼んで、探索のなかみを探りだそうというものだった。

「何一つ、聞き出すことができませんでした。申し訳ありません」

頭を下げたお松に、紀一郎が言った。

「できるだけ早く知りたい。今後も手を尽くしてくれ。私が父上に訊けばいいのだが、『余計な心配はするな』と叱りつけられるのがおちだ」

「たぶん、そう仰有るでしょうね」

「世話をかける」

「若旦那さまのお気持ちは、よくわかっております。今度は、折りを見て、あたしが直に訊いてみます」

「頼む」

「茶店へ行かねばなりません。それではこれで」

頭を下げて、お松が立ち上がった。

北町奉行所へ出仕した紀一郎は、与力会所に顔を出した後、年番方用部屋へ向かった。

用部屋の前に立って、紀一郎が襖越しに声をかけた。

「松浦紀一郎です。年番与力中山様に所用があって参りました」

「入れ」

なかから中山甚右衛門の声が返ってきた。

襖を開けて入る。

文机の前に中山が座っていた。

部屋には、中山ひとりだけだった。

歩み寄った紀一郎が、向かい合った。

「父上が、また探索を始めました」

　中山が応じた。

「始めてくれたか。それはいいことだ」

「いいこととは」

　訝しげに紀一郎が鸚鵡返しをした。

「松浦殿は、紀一郎に家督を譲るまで、ずっと例繰方に配されていた。在任中に北町奉行所が扱った事件のすべてを知りつくしている、といっても過言ではない。長年蓄積し、記憶してきた事件の数々が、松浦殿に、まだ事件は起きていないが、そのうち必ず何事か起きる、と推断する力を育て上げたに違いないのだ」

「そのうち必ず事件になるということがわかれば、どのような利点があるのですか」

「事件が起きてから探索を始める。それでは、すでに後手にまわっているということだ。下手人たちは、次の手を打つための支度にかかっているだろう。あるいは、実行しているかもしれない。下手人たちが迅速に動けば動くほど、探索は後手に回らざるをえない。下手人たちが、どこかでしくじりを犯さないかぎり、探索するわれわれは、なかなか追いつけない。それだけではない」

「それだけではないとは？」

問いを重ねた紀一郎に、中山がこたえた。

「われわれ町奉行所は、事件が起きないかぎり、本格的な探索を始められない。証はないが、疑わしいだけの者を捕らえることはできないのだ。が、事件の兆候を見極める力があれば、下手人たちの動きを予測して策を練ることもできる。下手人を捕らえることができる確率が、事件が起きてから動き出すより、はるかに高くなる」

「たしかに」

「それゆえ松浦殿にできるだけ動いてもらいたいのだ。松浦殿の様子をみながら、町奉行所なりの動きをして、下手人たちを追い詰めていく。結果的には、松浦殿と町奉行所側で下手人たちを挟み撃ちにすることになる」

首を傾げて、紀一郎が言った。

「気になることがあります。父は、すでに仕込み杖を手にして動いています。いままでの成り行きからみて、仕込み杖を持って探索しているときは、身に危険が迫ると予測している場合にかぎられます」

中山の面に緊張が走った。

「それは、まずい。松浦殿がいかに一刀流皆伝の腕前でも老齢だ。徒党を組んで襲われたら、命にかかわることになる。紀一郎。気まずいおもいをするかもしれぬが、いま何を探索しているか、父上に訊いてみたらどうだ。早いほうがいい」

「折りをみて、訊いてみます。いまのところ、お松に探らせています」

「まずお松をせっつくのだ。松浦殿の動きがつかめたら、町奉行所としてどう動くか、年番与力仲間で話し合って決める。紀一郎には、探索にかかわってもらう。よいな」

「万事承知しております」

無言で、中山がうなずいた。

七

翌朝五つ（午前八時）過ぎ、弥兵衛と啓太郎は安蔵店の路地木戸の内側に立っていた。

昨日、別れ際に、

「朝五つには安蔵店にいる。交代の刻限がある、昼前にはきてくれ」

と、半次に言ってある。

まだ男は現れていなかった。

大家の安蔵が、駕籠舁きの嬶ふたりに弥兵衛を引き合わせたときに、

「男たちを見張ってくれる人に詰めてもらう。そのことをみんなにつたえておくれ」

と言っていた。

ふたりにしか言っていないのに、弥兵衛たちがやってくると井戸端で洗濯をしていた嬶たちが、弥兵衛たちを指差して笑いかけ、頭を下げてくれた。

親しみの籠もった丁重な店子たちの出迎えに、弥兵衛たちはおもわず笑みを返していた。

昼四つ（午前十時）過ぎに、半次がやってきた。

ぐるりを見渡して、拍子抜けしたように言った。

「誰もきてませんね」

わきから啓太郎が声をかけてきた。

「そのうち現れるさ」

「どんな奴がくるか、楽しみだぜ」

応じた半次に、弥兵衛が告げた。

「ふたりで一刻見張り、ひとりは休むと決めている。まず啓太郎が休む。その次はわし、次は半次だ。啓太郎を引き合わせるために大家さんのところへ行ってくる」

「ひとりでも大丈夫でさ」

こたえた半次に、

「後は頼む」

声をかけて、弥兵衛が歩きだす。啓太郎がつづいた。


ほどなくして、弥兵衛がもどってきた。

肩をならべた弥兵衛に半次が話しかけてきた。

「男たちの気配もない。こないかもしれませんね」

「そのうち、姿を現すだろう。気長に待つさ」

笑みをたたえて弥兵衛が応じた。

昼過ぎに半次と交代して、弥兵衛が路地木戸にもどってきた。

まだ男の姿は見えない。

「どうしたんでしょうね」

首を傾げて、通りを見やった啓太郎が、

「きた」

と言い、すぐに、

「違うな。御店者だ」

とつぶやき、弥兵衛を振り向いた。

弥兵衛は、御店者を凝視している。

路地木戸を抜けた御店者は、弥兵衛たちを一瞥し、どぶ板の突き当たりにある井戸端で立ち話をしている、嬶たちへ歩み寄った。

声をかけ、話している。

嬶のひとりが長屋の一カ所を指差した。

会釈した御店者が、教えられた住まいへ向かう。

その動きに、弥兵衛は目を注いでいる。

とある住まいの前に立って、御店者が呼びかけた。

表戸が開けられ、なかに御店者が入って行く。

見届けた弥兵衛が啓太郎に声をかけた。

「御店者が訪ねた住まいの住人が誰かたしかめてくる」

嬶たちに向かって歩を運んでいく。

近寄った弥兵衛が嬶たちに話しかけた。

「いまの御店者、誰を訪ねてきたのだ」

「竹吉さんです、錺職の。白銀屋という煙管屋の手代で、仕事を頼みにきた、と言っていました」

嬶のひとりがこたえた。

「竹吉の客か。ありがとうよ」

会釈して弥兵衛が踵（きびす）を返した。

小半時（三十分）ほどして、御店者と竹吉が住まいから出てきた。

路地木戸を出るとき、弥兵衛たちに竹吉が会釈し、御店者もつられたように頭を下げた。

通りへ出た竹吉たちを見つめたまま、弥兵衛が啓太郎に声をかけた。

「ふたりをつけてくれ。どこへ行くか、見届けてくるのだ」

「わかりやした」

こたえて、啓太郎が足を踏み出した。

第四章　単糸線を成さず

一

やってきた半次とともに弥兵衛は見張りつづけた。

男たちは姿を現さない。

「もうこないんじゃないですか。そんな気がする」

じれたように半次が言った。

「必ずくる。近いうちにな」

応じた弥兵衛に、半次が訊いた。

「近いうちって、いつごろですか」

「啓太郎が帰ってきたら、あらかたの予測がつく」

「啓太郎は、誰をつけていったんです」

「錺職の竹吉だ」

「店子じゃないですか。疑わしいところがあるんですか、竹吉に」

「ちょっとな」

「ちょっと、ですかい」

どこか不満そうな半次に、弥兵衛が告げた。

「無駄なことの繰り返し。それが探索だ。肝に銘じておくんだな」

いつになく厳しい弥兵衛の物言いだった。

「わかりました。結果を急がず、粘り強く、でしたよね。耳に胼胝(たこ)ができるほど、聞いてます」

神妙な口調で半次が応じた。

笑みを浮かべた弥兵衛が、ちらり、と半次に視線を走らせた。

夕四つ（午後四時）過ぎに上機嫌で竹吉が帰ってきた。

商いがうまく運んだのだろう。

少し遅れてもどってきた啓太郎が半次に微笑みかけた。

笑みを返した半次を見やりながら、弥兵衛の隣に腰を下ろす。

「竹吉たちは、下谷池之端仲町にある煙管屋の白銀屋へ入っていきました」

弥兵衛が訊いた。

「竹吉が住んでいるのと同じ貸家を、前に借りていた丑造も錺職だった。白銀屋には、丑造も出入りしていたかもしれぬな」

「そういわれれば、そんな気もしますね」

首を傾げた啓太郎に弥兵衛が告げた。

「気になるな。白銀屋へ行ってみるか。案内してくれ」

腰を浮かせた弥兵衛に、

「わかりやした」

裾を払って啓太郎も立ち上がった。

顔を向けて告げた。

「半次。暮六つになったら引き上げてくれ」

「そうしやす」

腰を下ろしたまま半次が応じた。

ら並べられていた。

〈煙管　白銀屋〉

との立看板が掲げられている。

開け放たれた表戸の向こう、畳敷きの上がり端に、木箱に入った多数の煙管がならべられていた。

通りをはさんだ町家の前に、弥兵衛と啓太郎が立っている。

「煙管屋にしては大きいが、ありきたりの店構えだ」

つぶやいた弥兵衛に、啓太郎が応じた。

「おれもそうおもいます」

振り向いて、弥兵衛が言った。

「引き上げよう」

歩きだした弥兵衛に啓太郎がつづいた。

屋敷へ帰る道すがら、肩をならべた啓太郎に弥兵衛が告げた。

「気になることがある。明日は半次とふたりで長屋の様子を見届けてくれ。わしは白銀屋の近くで、聞き込みをかける」

「まかせてください。抜かりなくやります」

　笑みをたたえて、啓太郎が言った。

二

　翌日、弥兵衛は白銀屋の前にいた。

　下谷池之端仲町は不忍池の南の端に沿って、細長く広がっている。

　東叡山寛永寺の門前地で、笹巻き寿司や名とり煎餅、香煎、煮山椒などの食べ物屋に京糸組物、武具屋や書物問屋、御筆墨硯所、蠟燭問屋に提灯問屋、煙草入れ屋など、多種多様の店が連なっていた。

　白銀屋は上野元黒門町との境に立っている。

　絵図には描かれていないが、白銀屋と上野元黒門町にある薬種問屋の間には通り抜けがあった。

　その通り抜けは、どうにか人がすれ違うことができるほどの幅だった。

（白銀屋の裏口は、その通り抜けに面しているはず）

　そう見当をつけた弥兵衛は、足を踏み入れた。

入った途端……。

前方からやってくる男が、目に飛び込んできた。

男の後ろには、池之端仲町と下谷御数寄屋町（おすきやまち）の境となる通りが見える。

一瞬、弥兵衛は首を傾げた。

通りの少し手前から、男が姿を現したようにおもわれたからだった。

近寄ってくる。

通りへ向かう弥兵衛との隔たりが狭まってきた。

見覚えのある顔だった。

男が足を止める。

それも、ほんの一瞬のこと……。

うつむき、そっぽを向いて男は歩きだした。

横目で見ながら、弥兵衛もすすんでいく。

たがいに躰（からだ）を斜めにしてすれ違った。

男に、弥兵衛が目を注ぐ。

刹那（せつな）、弥兵衛の脳裏に、蘇（よみがえ）った顔があった。

出で立ちが違っている。

凄みをきかせ、脅し半分でぶらついているときとは、顔つきも大きく変わって見えた。

が、弥兵衛は、はっきりと見極めていた。

（間違いない。安蔵店で見かけた太い眉の男だ）

胸中でつぶやく。

歩を移した弥兵衛は、白銀屋の裏口とおもわれる、板塀につくりつけた片開きの潜り戸の前で立ち止まった。

前方の通りまでの隔たりを目分量で量った後、振り向いて通り抜けの入り口までの間隔を確かめる。

見かけたときの、躰の大きさが違うような、そんな気がしていた。

再び、弥兵衛が首を傾げる。

うむ、と呻いて歩きだした。

少し行って、立ち止まる。

塀の切れたところの通り寄りに、小さな稲荷の社があった。

通りに面して、赤い鳥居が立っている。

足を止めて弥兵衛が振り返った。

（このあたりから出てきたら、最初見た感じと重なるのだが）

そんなおもいにかられている。

鳥居の両脇から狭い境内を囲むように、腰高の石垣がめぐらしてあった。

白銀屋の板塀と石垣の境に隙間がある。

人ひとり通れるほどの幅だった。

（鳥居から入って社の裏手にまわり、隙間から出てくる。そんな面倒なことをやる者はいない）

そうおもいなおして一歩踏み出す。

通りへ出た弥兵衛は、聞き込むことができそうな相手を求めて、白銀屋の周囲を歩きつづけた。

三

素知らぬふりをしたが、彦造は弥兵衛に気づいていた。

通りへ出て、振り向く。

遠ざかっていく弥兵衛の後ろ姿が見えた。

（もどってくることはない）

判じた彦造は、ぐるりに視線を走らせた。

人目がないのをたしかめる。

買い物にきた風を装って、白銀屋へ入って行った。

帳場に座っていた寅吉が、彦造に気づいて声をかける。

「どうした」

歩み寄って、彦造が応じた。

「北町奉行所前にある茶屋の親爺が、裏口の近くにいる」

「何だって」

問いかけた寅吉にはこたえることなく、畳敷きに上がった彦造が振り返ってしゃがみ手をのばした。

草履（ぞうり）を手にとる。

「銀次兄貴は上かい」

草履を持った手で二階を指し示す。

「いるよ」

こたえた寅吉に、

「後でな」

告げて、彦造が階段へ向かった。

二階の座敷で、細めに開けた障子窓のそばに彦造と銀次が立っている。

通り抜けを見下ろしていた。

ふたりの視線の先に、稲荷の石垣の前にいる弥兵衛の姿がある。

「あの爺か」

問いかけた銀次に彦造が応じた。

「そうだ」

うむ、と首をひねって銀次が言った。

「煙管に銀細工をほどこしてくれ、と頼みにきた与作の動きに、どこかひっかかるものを感じて、疑念を抱いたのだろう。油断のできねえ爺だ」

「どうします?」

訊いてきた彦造に鋭い一瞥をくれ、銀次が黙り込んだ。

静寂が流れる。

ややあって、銀次が口を開いた。

「なぜ疑われたかわかった。爺たちが見張り始めてから、おめえたちを安蔵店へ嫌がらせに行かせなかった。いままできていた男たちが姿を現さなくなったことを不思議におもっていた爺は、竹吉を訪ねてきた与作を見て、嫌がらせをしていた男たちの仲間かもしれないとおもったんだ」

じっと彦造を見つめた銀次が、口調を変えてつづけた。

「彦造、長太をすぐに安蔵店に行かせろ。男たちと与作とは何のかかわりもないようにみせかけるんだ。ついでに、交代で嫌がらせに出かける割り振りも決めておけ」

「わかりやした」

こたえた彦造に、

「爺たちの注意を長屋に引きつけておくんだ。いいな。わかったな」

厳しい顔で銀次が念を押した。

四

弥兵衛は、白銀屋の聞き込みをつづけた。

十数人に聞いたが、悪い話はなかった。

店を開いて十年ほどになるが、白銀屋の商いのやり方は堅実そのもので、なかでも、模様を彫り込んだ銀の煙管はそれなりに高値だが、評判の品になっているという。

裏口に面した通り抜けで出くわしたような、人相の悪い男たちが出入りしているのを見た者はいなかった。

（これ以上、聞き込んでも新たな話は出てこないだろう）

そう判じた弥兵衛は、あらためて白銀屋の周りを歩きつづけた。

（長屋をうろついていた男たちと白銀屋は、かかわりがないのかもしれない）

そんな気になったりする。

が、弥兵衛はすぐにその考えを打ち消した。

（男たちが姿を現さなくなったのと、白銀屋の手代とおもわれる御店者が、竹吉のところにやってきたことには、必ずかかわりがある）

そのおもいには何の根拠もない。

ただ、長年捕物の顚末(てんまつ)を記しつづけ、分析してきた弥兵衛には、蓄積された知識と事件にたいする独自の見方が培われていた。

予測する力、といってもいい。

その力が、男たちと白銀屋は必ずかかわりがある、と告げていた。

手がかりを求めて歩を運んだ弥兵衛は、再び白銀屋の裏手にある稲荷の前に立った。

（抜け道があれば、男たちは自由に白銀屋へ出入りすることができる）

そう考えた弥兵衛は、

（白銀屋の裏手に隣接する稲荷社のどこかに、抜け道の出入り口がつくられているかもしれない）

と推測し、やってきたのだった。

鳥居を抜けて、猫の額ほどの境内に足を踏み入れた。

縦長の一枚板でつくられた台の上に、小さな社が建っている。

膝をつき、石を細かく調べた。小さな穴が多いのが気になったが、何の仕掛けもなかった。

（塀はどうだろう）

押したが、分厚い板が使われているのか塀は微動だにしなかった。

板の継ぎ目に、不自然な箇所は見当たらない。

首を傾げて弥兵衛が、ため息をついた。

社を囲んでいる石垣に目を向ける。

積まれた石でつくられた垣根である。

仮に抜け道があるとしたら、姿勢を低くして出てくれば、石垣が目隠しになって、通りや通り抜けからは見えないほどの高さだった。

境目にある隙間近くの塀と垣も調べたが、仕掛けは見つからなかった。

（白銀屋に男たちが出入りしているのを見かけた者がいるかもしれない。近いうちに、もう一度聞き込んでみるか）

胸中でつぶやき、弥兵衛は赤い鳥居を抜けて通りへ出た。

五

夕七つ（午後四時）過ぎ、安蔵店で張り番をしている啓太郎と半次はおもわず顔を見合わせていた。

ふたりの表情が険しい。

視線をもどした。

その先に、長屋をぶらつく太い眉の男の姿があった。

気配に気づいて、啓太郎が路地木戸の外へ目を向ける。

ほとんど同時に半次も見やった。

ふてぶてしい笑みを浮かべた髭面の男が、どぶ板の道をはさんで路地木戸の外に立ち、ふたりを眺めている。

苛立ったのか、半次が吐き捨てた。

「逆に見張られている。これじゃ大声で話もできねえ。喧嘩を仕掛けて追っ払うか」

なだめる口調で啓太郎がいった。

「様子をみよう。親爺さんが聞き込みに行って、ここにいないときに騒動を起こすわけにはいかねえだろう」

「たしかに」

苦笑いして、半次が応じた。

「さて、様子を探り合うか」

にやり、とした啓太郎に、

「そうだな」

半次が不敵な笑みを浮かべた。

たがいに睨み合い探り合って、時が過ぎ去っていった。

暮六つ（午後六時）を告げる鐘の音が、風に乗って聞こえてくる。

端から引き上げる刻限を決めていたのか、そそくさとふたりの男が立ち去っていく。

ふたりの後ろ姿が消えるのを見届けて、啓太郎と半次は長屋を後にした。

肩をならべて歩きながら、啓太郎が話しかけた。

「いまのところ、つけてくる気配はないが、どこかに潜んでいるかもしれねえ。用心だけは怠らないでくれ」

ぶっきら棒にこたえた。

「つけられても、おれはかまわねえよ」

「おれもだ。当分の間、親爺さんのところに泊まり込むことにした。一度つけられて、もう居場所は知られている。つけられる心配はない」

神妙な顔つきで半次がいった。

「啓太郎には、おっ母さんがいる。好きでやっているおれたちは、捕物で危ないめにあっても、てめえでまいた種、覚悟の上のことだ。が、おっ母さんには関係ねえ。危ないめに合わせるわけにはいかねえ。たったひとりのおっ母さんだ。大事にしろよ」

「余計なお世話だ。おれからみりゃ、世間に何のしがらみもねえ、腹さえくくりゃあ、何でもやりたい放題の、半次の身の上が羨ましいぜ」

「何でもやりたい放題か。捨て子で親の顔も知らないおれには、縁遠いことばだぜ。幼い頃から人の顔色ばかり窺って暮らしてきた。やっと一人前に扱われるようにはなったが、不自由なことだらけだ。おっ母あに会えたら、思いっきり甘えてみたい。何度もおもったもんだぜ」

「おれは、悪いことをいっちまったかな」

しんみりした啓太郎の物言いだった。

「おたがい、ないものねだりよ。そうおもわねえか」

「ないものねだりか。そうかもしれねえ」

つぶやいて啓太郎が黙り込んだ。

半次も声をかけない。

ややあって、啓太郎が口を開いた。

「茶屋の後片付けを手伝う。近くまで一緒に行こう」

「おれは茶屋には寄らねえぜ。まっすぐ定火消屋敷に帰る。晩飯にありつきたいからな」

笑みをたたえて半次が応じた。

六

呉服橋御門を抜け、北町奉行所前の茶屋へ向かって歩いていく途中で、啓太郎が話しかけた。

「どうやら待ち伏せしていたようだな。つけられている」

苦笑いして、半次がこたえた。

「しつこい奴らだ。おれが入って行く屋敷がどんなところかわかったら、あいつらがどういう動きをしてくるか楽しみだ」

「おれは与力の屋敷、半次は諏訪主殿頭（すわとのものかみ）さま支配下の定火消屋敷。ともに御上にかかわりのあるところだ。それなりに警戒するだろうよ」

「どう考えても臑(すね)に傷持つ連中だ。それなりの悪さを仕掛けてくるに決まっている。必ず修羅場になるな」

どこか楽しげな半次の物言いだった。

「喧嘩は好きか」

訊いた啓太郎に、

「好きだ。みょうな気遣いをしないですむ。やりたい放題やれる。もっとも、相手が強けりゃ、こてんぱんにやられるのは、こっちだけどな」

「なら、火事場も好きだろ」

「嫌いだ」

「嫌い？」

鸚鵡返しをした啓太郎に、

「火事場では自分勝手に動けねえ。火消仲間がどんなことやっているか、いつも気を配ってなきゃ、火は消せねえ。おれがひとつでも段取りを間違ったら、仲間の命が危なくなる。気遣いしつづけの、息の抜けねえところ、それが火事場だ」

「そうだろうな。けど、人の役に立つ仕事だ。朝、目が醒めた床のなかで、今日は何をしようか、と考える。そんなおれの暮らしぶりとは違う。羨ましいような、そんな気もするぜ」

苦笑いして、半次がいった。

「火が出て、火事場へ突っ走るときは張り詰めた、いい気分さ。が、いつ起きるかわからない火事を待って、長屋でごろごろしているときのほうが多い。どうやって時を潰すか、それだけを考えている。おれは、躰を動かすのが好きだから、庭の立木相手に剣術の稽古のまねごとをしたり、木登りをしたり、大木に梯子をかけて駆け上ったり、そんなことをしている。疲れたら、親爺さんの茶屋へお加代ちゃんの顔を見に行く」

「お加代ちゃんの名が出たんで、言っておきたいことがある」

立ち止まった啓太郎に、怪訝そうに半次が訊いた。

「何だよ、急にあらたまって」

「よい折だから言っておく。おれは、お加代ちゃんに惚れている」

尖った目で半次が見据えた。

「おれも、お加代ちゃんに惚れている。抜け駆けはなしだ」

「おれが言いたいことを先に言いやがった。そっちこそ、抜け駆けはするなよ。約束だ」

見つめ返した啓太郎の眼前に拳を突きつけ、半次が告げた。

「約束したぜ」

見据えた啓太郎が、半次の眼前に拳を突きつける。

見つめ合った。

それも一瞬……。

にやり、とふたりが微笑み合った。

「行くか」

啓太郎が声をかける。

「その先で別れよう。おれは屋敷へ帰る」

こたえて半次が歩きだす。

啓太郎も足を踏み出した。

定火消屋敷の表門の前で半次が足を止めた。

やってきた道を振り返り、

「ご苦労。ここが、おれの塒だ。入っていくから、よく見届けるんだな」

小声で言って、馬鹿丁寧に深々と頭を下げた。

顔を上げ手を振った半次が、表門の潜り口へ向かう。

半次を見据えて、大名屋敷の塀に太い眉の男が身を寄せている。

「あの野郎。なめやがって」

おもわず口に出し、腹立たしげに唾を吐きすてた。


長屋へもどった半次に、火消仲間の兄貴分が声をかけてきた。

「お頭が、半次が帰ってきたら、おれの部屋へ顔を出すようにつたえてくれ、と言っていたぜ」

「お頭が。ご機嫌斜めですかい」

顔をしかめた半次に、

「わからねえ。いつもながらの仏頂面(ぶっちょうづら)だ」

「そうか。どやされるかもしれねえ。このところ、仕事そっちのけで出っぱなしだもんな」

頭をかいて、半次がぼやいた。

声をかけて、定火消人足頭の部屋に入った半次は、五郎蔵と向き合って上座にいる者を見て驚いた。

「親爺さん、きていたんですか」

顔を向けて五郎蔵が声をかけた。

「いつまで突っ立ってるんだ。さっさと座らねえか」

「わかりやした」

あわてて、半次が襖を閉め、そばに座った。

五郎蔵が告げた。

「話は松浦さまから聞いた。『大事な火消人足を貸してもらいにきた。すまないが、いま取りかかっている調べ物の人手が足りない。しばらくの間、半次を貸してくれ』と頭を下げられた。そう筋を通されちゃあ否も応もねえ。二つ返事で、お引き受けした。一件落着まで、松浦さまの手足になって働くんだ。火事場で働くのも、探索を手伝うのも、他人さまのお役に立つことだ。しっかりやるんだぞ」

「存分に働かせてもらいやす」

頭を下げた半次に、弥兵衛が声をかけた。

「五郎蔵は快く引き受けてくれた。ありがたいことだ」

顔を向けて五郎蔵に言った。

「これからも、半次を借りたいときが、度々生じる。そのときは、よろしく頼む。この通りだ」

頭を下げた弥兵衛に、

「そんなことをしないでくだせえ。人助けになること。遠慮なくお使いください。人手が足りないときは遠慮なく仰有ってください。火事が起きなきゃ、ごろごろして暇を持て余している連中だ。他の奴らも貸しますから、その折りは半次に言ってくだせえ。お忙しいなか、わざわざ足を運んでいただかなくともよろしゅうございます。他人さまの役に立とうという、松浦さまの心意気。あっしには十分過ぎるほど伝わっております」

身を乗り出すようにして、五郎蔵が応じた。

「隠居の身のわしには、ありがたい話。すまぬな」

弥兵衛がじっと五郎蔵を見つめた。

七

非番の町奉行所の正門は閉じられたままだが、訴えを受け付けている月番の奉行所は暮六つ（午後六時）まで開いている。

今月の月番は、北町奉行所だった。

北町奉行所の正門が閉まると、腰掛茶屋は店じまいの片付けを始める。

啓太郎が顔を出したときには、お松とお加代は、すでに帰り支度をととのえていた。

一カ所だけ開けていた出入り口から入ってきた啓太郎に気づいて、お松が声をかけた。

「啓太郎さん、いまごろ、どうしたのさ」

風呂敷包みを抱えているお松とお加代を見て、啓太郎が頭をかいた。

「後片付けを手伝おうとおもってきたんだけど、遅かったな」

「きてくれただけでもありがたいよ。あたしが抱えている風呂敷包みのなかみは、金箱だからね。帰り道のどこかで襲われるかもしれない、とびくびくして、屋敷まで生きた心地がしないんだよ」

探る眼差しで、お松がことばを重ねた。

「旦那さまは、一緒じゃないのかい」

「聞き込みに行かれて、別々の動きなんだ」

「そうかい」

応じながら、お松がさりげなくお加代に目配せした。

かすかにお加代がうなずく。

顔を向けて、啓太郎に話しかけた。

「いつも、どこに行っているのさ」

世間話でもしているような、自然な物言いだった。

「神田明神下にある安蔵店という長屋だ。どこの馬の骨かわからない男たちが入れ替わり立ち替わりやってきて、長屋のなかをぶらついたり、家のなかをのぞき込んだりしているんで、店子たちが気味悪がって怯えている。それで親爺さんやおれと半次が、用心棒がわりに男たちを見張っている」

口をはさんで、お松が問いかけた。

「旦那さまは、どこへ行かれたのさ」

「白銀屋という煙管屋について聞き込むために、下谷池之端仲町へ出かけられたんだ」

次の瞬間……。

はっ、として、啓太郎が慌てて掌で口を押さえた。

「いけねえ。探索の中身は誰にも話しちゃいけない、と親爺さんから、きつく言われているんだ。ついうっかりした。しくじった」

ぼやいた啓太郎が、困惑をあらわにしょげ返る。

顔を見合わせたお松とお加代が、意味ありげにうなずき合った。

第五章　欲には目見えず

一

夕飯を食べ終えた後、弥兵衛は啓太郎を自分の部屋に誘った。

定火消屋敷では、五郎蔵との話し合いに終始して、半次とふたりだけで話すことができなかった。

弥兵衛は、自分がいなくなってから長屋で何か起きたか、啓太郎から聞こうと考えていた。

上座にある弥兵衛に、座るなり啓太郎が話しかけた。

「親爺さんが出かけた後、ふたりの男が長屋にやってきました。そのうちのひとりは、屋敷までつけられたときに顔を出していた男です」

「男たちが姿を現したのか。いつ頃だ」

啓太郎がこたえた。

「夕七つ過ぎで」

「夕七つ過ぎだと」

鸚鵡（おうむ）返しをして、弥兵衛が首をひねった。

白銀屋の裏手ですれ違った男が、仲間に声をかけ、連れだってやってきたとしたら、そのあたりの刻限になるはずであった。

「何か気になることがあるんですかい」

啓太郎が問いを重ねた。

「屋敷までつけられたときに長屋をぶらついていた男と似た顔つきの奴と、白銀屋の裏口が面した道で出くわしたんだ」

「それじゃあ、そいつと白銀屋は」

驚きの声を上げた啓太郎に、

「その男が白銀屋とかかわりがあるかどうか、まだわかからない。だが」

「だが、何なんで」

「わしと会った後、白銀屋あたりから出かけたとしたら、夕七つ頃には安蔵店に着くのではないか、そうおもったのだ」

あらためて指を折って数えた弥兵衛が、納得したように小さくうなずいた。

じっと啓太郎を見つめて、つづけた。

「間違いない。ゆっくり歩いても、必ず行き着く。しかし」

「しかし、とは」

次のことばを促すように、啓太郎が身を乗り出した。

「会った奴と、つけてきた者が同じ男だったかどうか、判然としないのだ。それにしても、あの男の顔、どこか見たような、そんな気がしてならない。どこであったのか、どうしても思い出せない」

首を傾げて弥兵衛が、黙り込んだ。

その頃、離れを抜け出てきたお松は、母屋の一室で紀一郎と話していた。

お加代とふたりがかりで啓太郎から聞き出した、弥兵衛の今日の動きを伝えている。

話を聞き終えた紀一郎が、あらためて問いかけた。

「父上が張り込んでいるのは、神田明神下の安蔵店、聞き込みをかけに出かけた先は下谷池之端仲町にある煙管屋の白銀屋近辺だったな」

「啓太郎は、そう言っていました」

応じたお松に、

「白銀屋という煙管屋、なぜか気になる」

つぶやいた紀一郎が、顔を向けてことばを重ねた。

「これからも父上の動きに気を配ってくれ。頼む」

「承知しております」

お松が頭を下げた。

二

白銀屋の二階で、銀次の前に彦造、斜め脇に寅吉と与作、左右に金七ら狐火一味の面々が居流れていた。

「茶店の親爺の手先で、住まいがわからなかった野郎の居場所がわかりました。引き上げたとみせかけ、途中で待ち伏せてつけていきましたが、その野郎は和田倉濠(わだくらぼり)

沿いの八代洲河岸にある、定火消屋敷に入っていきやした」

思い出したのか、腹立たしげに舌を鳴らして彦造がことばを重ねた。

「ふざけた野郎で、つけられていることに気づいていたのか、表門の前で足を止めておれのほうを振り向き、わざとらしく馬鹿丁寧に頭を下げてから潜り口へ向かい、屋敷へ入っていきやがった。馬鹿にしやがって。いま思い出しても腸(はらわた)が煮えくりかえりますぜ」

顔を歪(ゆが)めた彦造から、寅吉に目を移して銀次が言った。

「取るに足りない茶屋の親爺と、油断しすぎたかもしれねえな。てめえと手先のひとりは与力の屋敷に、もうひとりの手先は定火消屋敷に住んでいる。どちらも御上の息のかかった場所だ。手強い相手かもしれねえ。あの親爺が何者なのか、調べる必要があるな」

「端(はな)から調べておいたほうがよかったかもしれねえ。新しい仕事を出すふりをして竹吉を呼び出し、親爺のことを聞き出してみるか」

応じた寅吉に、銀次が告げた。

「悪くない手立てだな。しかし、竹吉は親爺のことをよく知らないかもしれねえよ」

渋面をつくって、寅吉が言った。

「そうなると厄介だな。他に手立てはないか」

「そうよな」

思案して銀次が口を噤んだ。

沈黙が流れた。

寅吉はじめ一同が、じっと銀次を見つめ、発することばを待っている。

ややあって、銀次が独り言のようにつぶやいた。

「北町奉行所前の腰掛茶屋は、北町奉行所から呼び出された連中が溜まって、奉行所から声がかかる順番を待っている場所だ。名主なら、親爺の素性を知っているに違いない」

寅吉を見やって、つづけた。

「寅吉、下谷一帯の名主を訪ねて、北町奉行所前にある腰掛茶屋の親爺のことを聞き込んできてくれ」

「名主は、何ひとつ知らないかもしれねえぜ。そのときはどうするんだ」

その策に乗り気でないことがはっきりと伝わる、寅吉の物言いだった。

そんなおもいに気づかぬ風を装って銀次が告げた。

「なあに、ある程度のことがわかれば、次の手立てがみつかるさ。明日にでも、名主のところへ出向いてくれ」

苦虫を嚙み潰したような顔をして、寅吉が応じた。

「明日は無理だ」

目を細めて、銀次が見据えた。

眼光が鋭い。

「なぜだ」

目をそらして、寅吉が応じた。

「名主を訪ねるには、それなりの理由が必要だ。のこのこ訪ねていって、根掘り葉掘り茶店の親爺のことを訊いて、みょうな勘繰りをされて疑われたらどうする。親爺が、おもってもいなかったほどの大物で、名主が親爺と親しかったら、間違いなくご注進されるぜ」

「誰にも疑われねえ理由を考えて、一日も早く名主のところへ出向いてくれ。二千両が手に入るか入らないかの瀬戸際だ。何があるかわからねえ。一日も早く名主に聞き込みをかけてくれ」

「わかった。みょうな勘繰りをされないような、それらしい理由を考えて、数日中に名主のところへ行く。それでいいだろう」

顔を銀次に向けて、寅吉が見つめ返した。

「頼りにしているぜ、寅吉」

笑みをたたえて銀次が応じた。

が、その目には冷ややかな光が宿っている。

三

翌日、出仕した紀一郎は、昨夜お松からつたえられた弥兵衛の動きを知らせるべく、年番方与力用部屋に顔を出した。

年番方与力は三名で、合議して町奉行所内の取り締まりや金銭の出入りの管理、各組織の監督、同心の任免、重要事項などを決めている。

町奉行は、時によっては一カ月ほどで交代するが、町奉行所与力は隠居するまで務めつづける。それゆえ、奉行所内のことは知り尽くしていた。

なかでも年番方与力は、奉行所の業務に精通している、指導者ともいうべき者たちだった。

並外れた切れ者であっても新任の町奉行は、年番方与力の協力がなければ務めを果たせなかった。

部屋には三人の年番方与力がいた。

文机に向かった中山は、脇に積んだ調べ書の一冊を手にとって目を通している。

やってきた紀一郎に気づいた中山は、

「別間で話そう」

と声をかけ、立ち上がった。

別間で中山と紀一郎が向き合っている。

座るなり、中山が苦笑いして言った。

「同役のひとりが、いまでも松浦殿のことを快く思っておらぬのだ」

「いまだに、そのようなことが」

ため息まじりに紀一郎が応じた。

「悪い話ほど、後々まで語り継がれるものだ。自分より不幸な者を見ると、自分はその人ほど愚かではないと判じて、みょうに満たされた気分になる。誰もが持ち合わせている、人のさがだろう。人の口に戸は立てられぬ。根付いた思いも消し去ることはできない。紀一郎は、おのれの役務をしっかり果たす。それだけを考えていればよい。何も気にすることはない」

「結果がすべて。そういうことですね」

「そうだ」

こたえた中山が、笑みをたたえて、ことばを重ねた。

「人はさまざまだ。残るひとりは『北町奉行所の手柄になる。松浦殿の動き、おおいにありがたい』と言ってくれている。いずれにしても、同役に話を通さねば次にすすめぬ。いままでわかり得たことを話してくれ」

「安堵いたしました。中山様ともうひと方が、父上の動きを認めてくださっている。心強いかぎりです」

「年番方与力の合議では、結句、松浦殿に手を貸して一件を落着しよう、ということになるだろう。が、それまでは何度か合議を重ねることになる。その間も、松浦殿は探索をつづけている。危地に陥ることもあるだろう。が、扱っている一件が、明らかに事件だと判明しないかぎり、北町奉行所の手の者をおおっぴらに動かすわけにはいかぬ」

「そのこと、心得ております」

じっと見つめて、中山が問うた。

「松浦殿の探索は、どの程度すすんでいるのだ」

「お松から聞いた話によると、父上はいま神田明神下の裏長屋安蔵店で、何の用もないのに連日うろついている、不審な男たちを見張っているそうです」

裏長屋の住人たちが怯えていること、見張りだしてから男たちが姿をみせなくなったこと、入れ違うように手代風の男が住人の錺職人のところにやってきたこと、手代と錺職が一緒に出かけたこと、弥兵衛の指図で探索を手伝う町人がつけていき、ふたりが下谷池之端仲町の白銀屋という煙管屋に入って行ったこと、その手代と男たちにかかわりがあるかもしれぬと疑った弥兵衛が、白銀屋について聞き込むため池之端へ出向いたことなどを、紀一郎は一気に話しつづけた。

聞き入っていた中山が、口をはさんだ。

「白銀屋について、紀一郎はどう判じているのだ」

「私も、疑念をいだいております。もっとも、実際に調べてみたら、その疑いは消えてしまうかもしれませぬが」

「調べ始めるか」

「動いてもよろしゅうございますか」

「そちは非常掛り与力だ。非常掛りは江戸市中の治安を警衛するのが役目。昼夜を問わず町々を見廻り、火事など異変が起きたときにはただちに駆けつけねばならぬ。そちが不審を感じたのであれば、ただちに探索を始めるべきであろう」

一膝乗り出して、紀一郎がいった。

「探索に仕掛かります」

「結果を、逐一報告するのだ。町奉行所として捕物に乗り出すことができるように合議をまとめていく。まとまるまでは、そちの配下の同心、手先しか動かしてはならぬ。あくまでもわしとそちの間でだけ認め合った話、そのこと、肝に銘じておけ」

「心得ておきます」

「わしは、水面下でかなり事件はすすんでいる、と見立てている。できることなら、ひとりの死人も出したくない」

「委細承知」

唇を真一文字に結んで、紀一郎が頭を下げた。

四

二日つづけて聞き込みをかけたら、白銀屋や男たちに、さらなる警戒心を抱かせるに違いない。そう判じた弥兵衛は、啓太郎や半次とともに安蔵店で、男たちを見張ることにした。

路地木戸のそばで弥兵衛たちが見張りの段取りを話し合っていたとき、太い眉の男が現れた。

白銀屋の裏手の道で行き合った男だった。

男は、ちらり、と弥兵衛たちに視線を走らせたが、素知らぬふりをして、どぶ板沿いに井戸へ向かってすすんでいく。

井戸へ着いたら、踵を返して歩いてくる。

そんな男を、弥兵衛は凝然と見つめていた。

男は途中で立ち止まり、長屋のなかをのぞき込んでは、また歩きだす。

そんな動きが、何度か繰り返されていた。

男を見据えていた弥兵衛が、首を傾げた。

ため息をつく。

「どうにもおもいだせぬ。どこで見たのか」

無意識のうちに口に出していた。

聞きとがめて半次が訊いた。

「あの野郎を、どこかで見かけたんですかい」

わきから、啓太郎が声をかけてきた。

「どこかで見た、と前にも聞いたけど、ひょっとしたら親爺さんの勘違いじゃないんですか。思い出すのに苦労しすぎですぜ」

苦笑いして、弥兵衛が応じた。

「勘違いか。そうかもしれぬな」

首をひねって、ことばを重ねた。

「急ぎの用ができた。大家に会ってくる。後を頼む」

「抜かりなく見張りやす」

「まかせといてください」

相次いで半次と啓太郎が声を上げた。

やってきた弥兵衛を、安蔵は訝しげな様子で迎え入れた。

「今日は早いですね、休むのが」

「店子のことで、訊きたいことがあってな」

「何なりと」

応じて安蔵が笑みを向けた。

ふたりは座敷で向かい合っている。

口を開いたのは、弥兵衛だった。

「竹吉について、知っていることをすべて教えてくれ」

不安げに顔を歪めて、安蔵がいった。

「竹吉がどうかしたんですか」

「おととい、竹吉を訪ねてきた御店者がいた。昨日から、また男たちがうろつき始めた。かかわりはないかもしれぬが、気になってな」

「そういうことですか。どんなことをお訊きになりたいので」

安堵したように安蔵が応じた。

「まず竹吉の懐(ふところ)具合を知りたい」

問いかけた弥兵衛に、

「金回りはあまりよくないようです。店賃も、すでに一月分、滞っています。付き合いが浅いので、竹吉の人となりはよくわかりません」

渋い顔で安蔵がこたえた。

「そうか。金に困っているのか、竹吉は」

「住人たちは、みんな一所懸命働いています。が、なかなか思うようにいかないようで」

「いずこも同じだ。わしのやっている茶屋も、精一杯働いているのだが、あまり儲からぬ。暮らしは楽にならぬ」

親しげな笑みを浮かべたものの弥兵衛は、竹吉が白銀屋から注文を受けたらしい、と告げるのを止めた。

（安蔵が余計な心配をするかもしれない）

と考えたからだった。

「竹吉以外の店子たちについて、わかっている範囲でいい。それぞれの暮らしぶりを教えてくれ」

問いかけた弥兵衛に、

「本町の呉服屋から、着物の仕立ての注文を受けているお近とお町の母娘は、地道な暮らしぶりで。店賃が遅れたのは一度だけ。それも翌月には二月分払ってくれて、いまは追いついています。ふたりともちゃんと挨拶できるし、大家としてはできるだけ長く住んでもらいたい店子のひとりです」

ふたりを気に入っているのか、安蔵が微笑んだ。

五

相変わらず太い眉の男は、どぶ板に沿ってぶらついている。

安蔵の住まいから出てきた弥兵衛に、井戸端で四方山(よもやま)話をしていたお直とお梅が愛想笑いを浮かべて会釈をした。

軽く頭を下げて、弥兵衛が微笑みを返す。

井戸前の三叉を左へ折れた弥兵衛が、啓太郎たちがいる路地木戸へ歩を運んでいく。

路地木戸のほうから、突き当たりにある井戸へ向かって男がやってきた。

見据え合ったまま、すれ違う。

間近で見た男の顔に弥兵衛は、

（やはり、どこかで会ったことがある）

胸中で、そうつぶやいていた。

男の太い眉が、さながら糸のように見える、細く薄い毛でつながっている。

遠目では微かに凹んでいるかのように見える眉の間が、一筋の薄毛で埋められ、真ん中が薄くなった一の字を連想させた。

近寄って、改めて気づかされたことだった。

そのことが、弥兵衛に、

（間違いない。必ず会った）

との確信を深めさせている。

足を止めて、弥兵衛が振り向いた。

気配を感じ取ったか、男も立ち止まって弥兵衛を振り返っている。

睨み合った。

それも一瞬……。

せせら笑って男が唾を吐く。

背中を向けて、歩きだした。

いつもは、しゃがんで路地木戸に寄りかかっている啓太郎と半次が、なぜか立ち上がっている。

近寄ってきた弥兵衛に半次が声をかけてきた。

「野郎との睨み合い、火花が散ったように感じましたぜ」

啓太郎が口をはさんだ。

「あいつ、やる気でしたね。一瞬凄え殺気を発していた。三人を相手に喧嘩するのは厄介だと気づいたのか、すぐ殺気を抑え込んだ。親爺さんもわかっていたでしょう」

「気配は察した。が、殺気が消えたので、仕込み杖を使わずにすんだ」

苦い笑いを浮かべて、弥兵衛がことばを重ねた。

「あいつの殺気に、つい引き込まれそうになった。抑えるのに苦労したよ。数多くの修羅場をくぐってきたに違いない。喧嘩の売り方が堂に入っている」

男を見やって啓太郎が応じた。

「おれだったら、手を出していましたよ」

不敵な笑みをうかべて、半次がいった。

「おれも同じだ。気が短いから、いまごろ刃物三昧(ざんまい)の沙汰になっている」

懐に手を入れて、匕首(あいくち)の鞘をのぞかせた。

ちらり、と見やって、弥兵衛が告げた。

「用心がいいことだ。あの男の様子からみて、連中はいつ牙(きば)を剝(む)いてくるかわからぬ。いままでとは明らかに違っている」

顔を向けて、ことばを継いだ。

「啓太郎、我が家に中間(ちゅうげん)が差す脇差(わきざし)がある。貸そう。明日から、腰に帯びるのだ。そうすることで男たちの出方も違ってくるかもしれない」

「借ります。素手では、身に降る火の粉(こ)は払えませんからね」

わきから半次が声を上げた。

「そのうちに、おれにも脇差を貸してください。匕首より使い勝手がよさそうだ。もっとも、使い慣れた匕首のほうが役に立つかもしれませんが」

「わかった。使いたくなったら、いつでもいってくれ」

応じて弥兵衛が男に目を向けた。

井戸の近くに立った男が、話し合っている弥兵衛たちを身じろぎもせず見つめている。

眼光が鋭い。

六

路地木戸そばの見張り場所にもどってきた弥兵衛が、男を見つめたまま黙り込んだ。

ややあって顔を上げ、声をかけた。

「啓太郎、半次、大家のところへ出かけたので休む順番が狂ってしまった。が、狂いついでにもう一度、わしの勝手にさせてくれ」

「いいですよ」

と、啓太郎が応じ、

「野郎に喧嘩を売るんですか」

半次が軽口をたたいた。

苦笑いした弥兵衛が、

「竹吉に白銀屋のことを訊いてみたい。行かせてもらうぞ」

ゆっくりと立ち上がった。

竹吉の住まいの前に立って、弥兵衛が声をかけた。

「見張り番をやっている弥兵衛だが、竹吉さんいるかい」

「おります。いま開けます」

土間に下りる音がして、なかから竹吉が表戸を開けた。

顔をのぞかせて、

「何か、用ですか」

「ちょっと訊きたいことがあってな。入ってもいいかい」

「それは」

一瞬、戸惑いをみせた竹吉だったが、思い直したのか、

「どうぞ」

表戸を大きく開けて、躰を脇にずらした。

「入らせてもらうよ」

笑みをたたえた弥兵衛が、なかへ足を踏み入れた。

畳の間で、弥兵衛と竹吉が相対して座っている。

「何を訊きたいんで」

「昨日、竹吉さんのところへやってきた御店者、下谷池之端仲町にある白銀屋という煙管屋の奉公人じゃないか」

驚きが竹吉の顔に浮いた。

「顔見知りだったんですか、与作さんと」

「与作さんというのかい、あの人は。名は知らなかった。以前、白銀屋さんで煙管を買ったことがあってね。そのとき、見かけたんだよ」

ふたりをつけていって白銀屋に行き着いた、とほんとうのことをいったら、竹吉は、

「何のためにつけたんだ。わけを訊きたい」

とのっけから腹を立てるに違いない、と判じた上での、嘘も方便の策だった。

「白銀屋は銀細工を施した煙管が評判の店だが、竹吉さんのところを与作さんが訪ねてきたということは、仕事を頼むためにやってきたのかい」

問いかけた弥兵衛に、

「そうです。おれがやった銀細工の置物を、知り合いの家で見た白銀屋の御主人が、おれの名を聞き出し、出入りする錺職人仲間の伝手(つて)をたどって、住まいを突き止め

た、と与作さんがいっていました。ありがたい話です」

　笑みを浮かべて竹吉がこたえた。

「よかったな。新しい得意先が増えて」

「ええ。これで一息つけます。おれなんか、兄貴分の錺職人の下請けばかり。店から直に注文を受けるなんて、めったにないことなんで」

　じっと見つめて弥兵衛が告げた。

「けどな、よい話だと手放しで喜んじゃいけないよ」

　眉をひそめて、竹吉が応じた。

「それはどういう意味で」

「いい話に水を差すわけじゃないんだけど、いま長屋をぶらついている男を白銀屋の裏口のそばで見かけたんだ。白銀屋の裏口から出てきたんじゃないかと思っている」

「ほんとうですか。裏口から出てくるところをはっきりと見たんですね」

「それは」

　胸ぐらをつかまんばかりに迫った竹吉の剣幕に、弥兵衛が口ごもった
　次の瞬間、竹吉が怒鳴った。

「見てないんだ。見ていないくせに見たといいやがって。おれの受けた仕事にいちゃもんをつける気だな。何の恨みがあるんだ。大家さんが信用している人だと思ったから、家に入れて話を聞いてやったんだ。出て行け。出ていきやがれ」

立ち上がる。

ほとんど同時に弥兵衛も立ち上がった。

「わかった。出て行くよ。けど、気をつけてくれよ、白銀屋には」

「まだ言うか」

殴りかかった竹吉の手首をつかんでひねった弥兵衛が、ゆっくりと後退る。

「痛い。離せ。手を離してくれ」

脱いだ草履に足をのばした弥兵衛が、

「引き上げる。もう手を出すなよ」

「わかった」

手を離した弥兵衛が、草履を履いた。

表戸を開けて出てきた弥兵衛を、近くに立っていた男が冷ややかに見据えている。

背後で、荒々しく表戸が閉められた。

走らせた弥兵衛の目が、嫌悪をあらわに上目遣いの目つきで見つめる、井戸端にいるお直とお梅をとらえた。

気づかぬ風を装って、弥兵衛が啓太郎たちへ向かって歩を運ぶ。

路地木戸のそばに立って、啓太郎と半次が近寄ってくる弥兵衛を眺めている。

小声で半次が話しかけた。

「ぶらついている野郎が竹吉の住まいのそばに立ち止まったまま、聞き耳をたてていた。親爺さんの狙いは、おれたちにあの野郎の動きを見極めさせることだったんじゃねえのか」

「おれもそう思う。竹吉の怒鳴り声が聞こえたが、事は親爺さんの狙いどおりに運んだんだろう」

顔を見合わせたふたりが、再び男に目を注いだ。

七

夜、白銀屋の二階で、銀次と彦造が向き合っていた。寅吉ら狐火一味はふたりを半円状に囲んで座っている。

今日、安蔵店をぶらついたのは、彦造ひとりだった。

朝方、銀次に彦造が、ひとりで出かけたい、と申し出た。

「いつものようにふたりでぶらついたらどうだ。長太を連れて行け。ふたりでぶらついたほうが楽だぞ」

翻意させようとした銀次に、彦造が告げた。

「茶屋の親爺が、どれほどの腕の持ち主か試してみたいんで。おもいきり殺気をぶつけてみて、親爺が一文句ありそうな素振りをみせたら、いちゃもんをつけて喧嘩を売る。いままではつけるだけで、親爺たちとは一度もやり合っておりません。腕前のほどをたしかめておいたほうがいいとおもいますんで」

うむ、と首を傾げた銀次が、

「そうだな。彦造のいうとおりかもしれねえ。親爺や手先たちが、どの程度の武術の腕を持っているか、たしかめておいたほうがいいだろう。まかせる。好きにやってみろ」

と送り出したのだった。

「どうだ。爺たちの腕前のほど、見極められたかい」

苦い笑いを浮かべて、彦造が応じた。

「それが、あの親爺、殺気をぶつけても柳に風の有様でして。相手にされませんでした」

「相手にされなかったか。飄々（ひょうひょう）とした見かけと違って、度胸の据わった相手かもしれねえな」

渋い顔をした銀次に、ふてぶてしい笑みで彦造がこたえた。

「腕試しはしくじりましたが、おもいがけないことが起きやした」

「おもいがけないこと？　どんな話だ」

「あの親爺と竹吉が揉めたんで」

「揉めた？」

銀次が鸚鵡返しをした。

「何をおもったのか、親爺が竹吉に声をかけて、家に入り込みやした。あっしは竹吉の家の近くに寄って、聞き耳をたてていました。小半時もしないうちに竹吉が怒鳴ったんで。親爺が白銀屋について言ったことが、竹吉を怒らせたようでして。親爺は怒鳴り声がしてまもなく、家から出てきました」

「そうか。あの親爺、白銀屋と彦造たちにつながりがあると睨んで、竹吉から白銀屋のことを聞き出そうしたんだ。そうに違いない」

振り向いて、告げた。

「与作。明日、竹吉のところへ行き、新たな注文が舞い込んだ。客と煙管に彫る文様について細かく話し合った。主人が、この仕事も竹吉さんにやってもらおうと言っている。主人とともに打ち合わせしたいんで、一緒にきてくれ、と声をかけ連れてくるんだ」

「わかりやした」

与作がこたえた。

視線を移して、銀次がつづけた。

「寅吉、明日、名主のところへ出かけて、茶店の親爺について諸々聞き出してこい」

「おれもそのつもりでいた。訪ねる理由は考えてある。たっぷり聞き込んでくるぜ」

「頼む」

向き直って、銀次がさらにことばを重ねた。

「伊八。お役者の伊八、と二つ名で呼ばれているおまえだ。素人娘をこますことぐらい、朝飯前だろう。仕立てもので暮らしを立てている母娘の娘に近づいてたぶらかし、できるだけ早く家のなかに入り込むんだ。いいな」

「腕によりをかけて、し遂げます。手早くモノにして、思う存分弄び、岡場所にたたき売るつもりで。申し訳ねえが、女を売った金は、おれの小遣いにさせてもらいますぜ。骨折り賃ということで、お目こぼし願います」

「わかった。許す」

「ありがてえ。嬉しいお役目だ」

細身で美形、歌舞伎の女形にしてもいいくらいの優男、お役者の伊八が酷薄非情な笑みを浮かべた。

第六章　頼み難(がた)きは人心

一

路地木戸の内側に弥兵衛と啓太郎、半次がしゃがんでいた。

啓太郎は、弥兵衛から渡された脇差を帯に差している。

気になるのか、しきりに柄(つか)を触っていた。

このところ連日長屋に姿をみせている、眉に特徴のある男が裏長屋へ向かって歩いてくる。

路地木戸を抜けたとき、男は啓太郎が帯びた脇差に気づいて、半ば反射的に身構え睨みつけてきた。

浴びせられた凄まじい殺気に応じるように、啓太郎も無意識のうちに睨み返した。

傍らにいた弥兵衛と半次は、一触即発の様子におもわず顔を見合わせた。

ふたりの視線がぶつかり合い、さながら火花が飛び散ったかのような衝撃を感じ取っている。

が、次の瞬間……。

男は目をそらし、何事もなかったかのように、のんびりとした足取りでぶらつきはじめた。


時が過ぎ、半次が安蔵の住まいへ休みをとりに行った。

いつものように井戸端で世間話をしているお直とお梅が、時折咎めるような目で啓太郎を見ては、大仰に眉をひそめる。そんな仕草が何度も繰り返されていた。

お直たちの様子に気づいているが、弥兵衛は常と変わらぬ風を装っている。

時々ため息をついているところをみると、啓太郎はそれなりに気にしているのだろう。

近くの飯屋へ昼飯を食いに行った男が、もどってきてぶらつき始めた頃、白銀屋の与作がやってきた。

路地木戸のそばに立っている弥兵衛と啓太郎に形ばかりの会釈をして、与作が竹吉の住まいへ歩を運んでいく。

小声で啓太郎が話しかけてきた。

「白銀屋の手代、この間、注文を出したばかりなのに、何の用だろう」

「すすみ具合をたしかめにきたのかもしれぬな」

表戸の前に立って声をかけている与作を見つめたまま、弥兵衛が応じた。

なかから表戸が開けられ、竹吉が笑顔で与作を迎え入れた。

表戸が閉められる。

気になるのか、男が竹吉の住まいに近寄り、足を止めて耳を傾けていた。

小半時（三十分）ほどして、与作が表戸を開けて出てきた。手に風呂敷包みを下げている。

つづいて出てきた竹吉を見て、弥兵衛は瞠目（どうもく）した。

竹吉は道具箱を持っている。

訝（いぶか）しげに啓太郎が訊いてきた。

「道具箱を持ってますぜ。白銀屋に行って、急ぎの直しの仕事でもやるんですかね」

　ふたりに目を注いだまま、弥兵衛が告げた。

「気になるからつけていく。遅くなるかもしれぬ。もどってこなかったら、男が立ち去った後、引き上げてくれ」

「わかりました」

　応じた啓太郎に、

「男が喧嘩を仕掛けてきても、相手になるな。このこと肝に銘じてくれ」

「おれは遊び人の馬鹿ですが、多少の我慢はできます。心配しないでください。それより、親爺さんこそ気をつけて」

「わしは年の割りに短気だ。気をつけるよ」

　笑みをたたえて弥兵衛が応じた。

　竹吉たちが遠ざかっていく。

（これだけ離れれば、まず気づかれることはない）

　そう判じて、弥兵衛は路地木戸を抜けて通りへ出た。

　そんな弥兵衛を、仁王立ちして男が凝然と見つめている。

竹吉と与作が白銀屋に入って行く。

つけてきた弥兵衛が立ち止まり、張り込む場所を探して周りを見渡した。

座敷で寅吉、与作と竹吉が向かい合っている。

三人の間に、銀煙管に彫る文様が描かれた下図が置かれていた。

身を乗り出して、竹吉が下図に見入る。

顔を上げ、寅吉を見つめて訊いた。

「この文様を銀煙管に彫る仕事を、やらせてもらえるんで」

「そのつもりで呼んだんだ。やってくれるかい」

目を輝かせて、竹吉が応じた。

「やらせてください。この間、いただいた仕事も終わっていないのに、つづけざまに仕事をいただいて、死に物狂いでやらせてもらいやす」

頭を下げた後、寅吉と与作に視線を移して、ことばを継いだ。

「長屋の用心棒がわりに雇われた爺(じじい)が、何をとち狂ったか突然訪ねてきて、白銀屋さんのことを根掘り葉掘り訊いてきたんでさ。挙げ句の果てに、白銀屋さんには気をつけろみたいなことを言いやがった。腹が立ったんで、怒鳴りつけて家から追い出してやりました」

　愛想笑いを浮かべて、ふたりを見やった。

「そうかい。そんなことがあったのかい」

　驚いたように寅吉が応じる。

「とんでもない爺で。こんど何か言ってきたら張り倒してやりますよ」

　腕まくりした竹吉に、

「わけのわからない奴を、まともに相手にしちゃ損するよ。そうだろう、与作」

　振り向いて、意味ありげに目配せした。

「そうですとも」

　相槌（あいづち）を打った与作が、冷ややかな笑みで応じた。

　そんなふたりの様子に気づくことなく、竹吉は親しげに笑いかけている。

　白銀屋と通りをはさんで斜向（はすむ）かいにある通り抜けで、弥兵衛は張り込んでいる。

　夕七つ（午後四時）を告げる時の鐘が鳴ってから、すでに半刻（一時間）以上過ぎ去っていた。

張り込みを始めてすぐ、弥兵衛は人の気配を感じた。

さりげなく通りへ出て、気配の主を捜す。

すぐに見つかった。

近くの町家の外壁に身を寄せて、ひとりのやくざが潜んでいる。

がっちりした体軀で、いかつい顔をしていた。

長脇差を帯びている。

眼光鋭く白銀屋を見張っていた。

首を傾げ、忘れ物をおもいだしたようなふりをして、弥兵衛は張り込む場所にもどったのだった。

まだ気配は消えていない。

やくざは、元の場所にいるのだろう。

(紀一郎の指図で出役した隠密廻りの同心かもしれぬ。そうでないとしたら、いったいどこの誰が差し向けたのか、見当がつかぬ)

気になって、やくざがいるほうを一瞥した弥兵衛は、再び白銀屋に目をもどした。

その頃、安蔵店では、井戸端に集まったお直やお梅、長屋中の嬶(かかあ)たちが啓太郎たちを、咎める目つきで見つめていた。

なかには、ひそひそ話をしている者もいる。

路地木戸のそばに啓太郎とならんで立っている半次が、小声で話しかけた。

「駕籠屋の嬶ふたりが手分けして嬶たちを集め、さっきからおれたちをみょうな目つきで見ていやがる。厭な気分だ」

「駕籠屋の嬶たちは、朝から、あんな様子だったぜ」

渋い顔で、ふたりが顔を見合わせた。

二

深更四つ（午後十時）を過ぎても、竹吉は白銀屋から出てこなかった。

気配が消えないところをみると、白銀屋を張り込んでいるやくざは、まだ張り込んでいるのだろう。

（引き上げるか。やくざ者がつけてくることはあるまいが、用心するにこしたことはない）

胸中でつぶやいて、弥兵衛は通りへ出た。

足を止め、まわりに警戒の視線を走らせる。

人の姿はなかった。

歩きだす。

つけてくる気配はない。

（やくざは白銀屋を見張っているのだ。間違いない。紀一郎の手の者かどうか、近いうちに訊いてみよう）

そう判じながら、弥兵衛は歩みをすすめた。

心配していたのか、屋敷の前で啓太郎が待っていた。

歩いてくる弥兵衛に気づいて、啓太郎が小走りに近寄ってきた。

「竹吉はどうしました」

訊いてきた啓太郎に、弥兵衛が応じた。

「出てこなかった。泊まり込みで仕事をやらされているのかもしれぬ」

「閉じ込められているんじゃないですか」

「なぜそうおもう」

問うた弥兵衛に、

「何となく、そんな気がしただけで。ただの当てずっぽというやつでさ」

笑みをたたえて啓太郎がこたえた。

離れに入り勝手にまわると、茶をいれていた手を止めて、お松が声をかけてきた。

「汁を七輪にかけて温めています」

「すまぬな」

笑みでこたえたお松が、顔を向けて話しかけた。

「啓太郎さん、汁をお椀についで、旦那さまに出してあげて。器も洗っておいてね」

「わかりやした」

弥兵衛を見やって、お松が言った。

「旦那さま。明日早いので、これで失礼しますよ」

「そうしてくれ」

無言で会釈して、お松が奥へ引っ込んでいった。

勝手の板敷きの間で、遅い晩飯を食べ終えた弥兵衛が、前に座って茶を飲んでいる啓太郎に訊いた。

「今日は、いつもきている男が、暮六つまでひとりでぶらついていたのだな」

「そうです」

「いままで何人かの男が安蔵店にきている。今日きた男以外の連中が、何をしているか、気になる」

「何で他の奴らがこないのか、不思議ですね」

首をひねった啓太郎が、弥兵衛を見やって言った。

「半次とも話したんですが、人手が足りません。とりあえず遊び人仲間をひとり、助っ人に呼んでもいいでしょうか」

「そうだな」

うむ、と一思案して、弥兵衛が告げた。

「明日にでも連れてきてくれ」

「それなりに頼れる奴がいます。明日の昼までに連れていきます。それまで半次とふたりで見張っていてください」

「わかった」

こたえた弥兵衛が、茶を飲もうと角盆に置かれた湯飲み茶碗に手をのばした。

三

翌日昼前に与作がやってきた。

路地木戸の内側で弥兵衛と半次がしゃがんで、ぶらついている太い眉の男を見張っている。

長屋に足を踏み入れた与作が、弥兵衛たちに形だけの会釈をして、井戸端で話しているお直とお梅に歩み寄っていった。

ふたりのそばで立ち止まり、声をかける。

お梅が、安蔵の住まいのほうを指差した。

礼を言ったのか小さく頭を下げて、与作が安蔵の家へ向かっていく。

弥兵衛は、わずかな動きも見逃すまいと目を注いでいる。

やもめ暮らしの安蔵の住まいでは、通いの下働きの婆（ばあ）や、お種（たね）が家事一切をこなしている。お種は近所の裏長屋で笊（ざる）を扱う、担商（かつぎあきない）の息子と暮らしていた。

与作が安蔵を訪ねて小半時（三十分）ほど過ぎた頃、お種が弥兵衛たちのところにやってきた。

「旦那さんが、相談したいことがあるんで弥兵衛さんにすぐきてほしい、と言っているよ」

と手招きした。

「すぐいく」

応じて、弥兵衛が立ち上がった。

家に上がった弥兵衛が、お種から教えられた部屋へ向かった。

襖の前に立ち、声をかける。

「入ってください」

応じる安蔵の声が聞こえた。

襖を開けると、向き合う安蔵と与作の姿が見えた。

自分の左脇を、安蔵が手で指し示す。

弥兵衛が座るのを待ちきれぬように、視線で与作を示し、安蔵が話し始めた。

「竹吉に頼まれてやってきた、白銀屋の手代の与作さんだ」

「竹吉さんがどうかしたんで」

訊いてきた弥兵衛に安蔵が応じた。

「しばらくの間、白銀屋さんに泊まり込んで仕事をすることになったそうだ。着替えと足りない道具を持ってきてくれ。それと、不用心なんで夜だけ与作さんに留守番をしてほしい、と竹吉さんから頼まれた。それらのことを大家さんに許してもらいたい、という話なんだ」

「すっきりしない話ですね」

応じた弥兵衛に、わきから与作が訊いてきた。

「何がすっきりしないんで」

向き直って弥兵衛が問い返した。

「何で竹吉さんはこなかったんですか。与作さんとふたりで頼めば、簡単に終わる話なのに」

「竹吉さんからの文を大家さんに渡してあります」

振り返って安蔵に訊いた。

「文を読ませてくれますか」

「いいよ」

懐(ふところ)から二つ折りした紙を取り出した安蔵が、弥兵衛に差し出した。

受け取った弥兵衛が、文を開く。

金釘(かなくぎ)流の、下手くそな平仮名が目に映った。

〈よさくさんのいうとおりにしてください。おねがいします　たけきち〉

ようやく判別できるような文字だった。

読み終えた弥兵衛が、安蔵に訊いた。

「これは、竹吉さんの手ですか」

「文をもらったのは初めてだから、竹吉の字かどうかわからない、というのが正直なところだね」

こたえた安蔵に与作が声を高めた。

「変なこと言わないでください。その文は、正真正銘、竹吉さんが書いたものですよ。私が嘘をついてるみたいじゃないですか」

渋面をつくって、安蔵が応じた。

「与作さんが嘘をついたなんて一言も言ってませんよ。わけがわかんないことになっちまって、困ったもんだ」

「わからなくしているのは大家さんじゃないですか。竹吉さんの文はある。わたしの身元もはっきりしている。私の申し入れを拒む理由はないでしょう」

迫る与作に、

「どうしたものか」

つぶやいて、うんざりしたように安蔵が顔を背けた。

一膝乗り出した与作が口を開きかけたとき、弥兵衛が声を上げた。

「大家さんさえよければ、わしの手先たちに竹吉さんの家の留守番をやらせましょう。着替えと足りない道具を持って行くときには、わしか手先たちが立ち会います。そうしませんか」

「そうだね。それが一番いい手立てかもしれない」

突然、与作が声を荒らげた。

「私が留守番しちゃいけないというんですか。何でです」

はた、と見据えて弥兵衛が告げた。

「わしらは長屋の用心棒がわり。与作さんを疑うわけではないが、いきなり見知らぬ人が泊まり込んだら、店子たちのなかには不安に感じる者もいる。着替えや道具を持って行くのなら、わしたち立ち会いの上でやればすむ話だとおもうが」

「それは、しかし」

食い下がろうとした与作を遮るように、安蔵が割って入った。

「弥兵衛さんのいうとおりだ。留守番は弥兵衛さんたちにまかせる。私がそう言っていたと竹吉につたえてくれ」

「そうですか」

こたえた与作が、恨めしげに弥兵衛を見やった。

無言で弥兵衛が見つめ返す。

話し合いを終えた弥兵衛と与作は、竹吉の住まいへ向かった。

家に入り、弥兵衛立ち会いのもとで竹吉の着替えと道具を選んだ与作が、それらを風呂敷に包んだ。

通りへ出た与作が、風呂敷包みを下げて立ち去っていく。

路地木戸のそばに立った弥兵衛と半次が、遠ざかる与作に目を注いでいる。

四

辻を曲がって与作の姿が消えた。

見届けた弥兵衛が、半次に声をかける。

「大家のところへ行ってくる。すぐにもどる」

無言で、半次がうなずいた。

もどってきた弥兵衛を座敷に請じ入れた安蔵が、座るなり不安げに訊いてきた。

「与作に、何か疑わしいことがありましたか」

「いまのところ、何もない。それより訊きたいことがあってな。ちょうどいい折りだとおもって、もどってきたんだ」

「何なりとお訊きください」

「男たちを見張りだしてから、ずっと気になっていたことがある」

「気になっていたこと？」

鸚鵡返しをした安蔵に、神妙な顔つきになって弥兵衛が問いかけた。

「安蔵店に住む十五所帯のうち、竹吉とお近母娘以外の十三所帯は夫婦者だ。それも若夫婦ではない。嬶たちは三十半ばすぎ、亭主たちは四十半ばといった組み合わせだ。子供がいておかしくない夫婦者が揃っている。なのに、この裏長屋には子供がいない。みんな赤子を間引いているのか」

苦い顔をして、安蔵がこたえた。

「そのことですか。夫婦者の店子たちは、みんな子持ちです。安蔵店で生まれ育った子供たちは十七人。一時は子供たちのはしゃぐ声で賑(にぎ)やかでした」

「子供たちは、いまどこにいるんだ」

「八歳になると子供たちはみんな、男は丁稚(でっち)、女は下女として奉公に出されました。私も十人ほど奉公先を世話しました」

「幼くして丁稚奉公に出したか。子供たちは辛(つら)かったろうな」

つぶやいた弥兵衛に、安蔵が応じた。

「食い扶持(ぶち)減らしですよ。みんな貧しくて、それ以上は育てられなかったんです。私も多少の面倒はみたんですが、支えきれなかった。風呂敷包みを背負い、両手にも下げて、路地木戸を抜けていく子供たちの後ろ姿が哀れで、涙があふれそうになったものです」

「そうか。そういうことだったのか」

しんみりした弥兵衛の物言いだった。

安蔵の家を出て路地木戸へ向かう弥兵衛と、昼過ぎに太い眉の男に合流した狐目の男がすれ違う。

その瞬間……。

狐目が弥兵衛の足下に唾を吐き捨てた。

一歩前に飛んで、かけられた唾を躱した弥兵衛が、見向くことなく歩を移す。

足を止めた男が、凄みのきいた薄ら笑いを浮かべて睨みつけている。

路地木戸のそばにいる半次が狐目を見据えている。半次の傍らに啓太郎と、三十そこそこ、肩幅の広いがっしりした体格の、およそ遊び人らしくない、見知らぬ男が立っていた。ぎょろりとした大きな目に特徴がある。

近寄ってきた弥兵衛に啓太郎が声をかけてきた。

「親爺さん、仁助です。少々短気ですが気のいい奴です。おれ同様、かわいがってください」

「仁助です。手伝います」

頭を下げるのへ、笑みをたたえて弥兵衛が応じた。

「茶屋の親爺の弥兵衛です。よろしく頼みます」

顔合わせが終わったのを見届けて、啓太郎が訊いてきた。

「与作が下げていた風呂敷包みには、竹吉の着替えと道具が入っているんですか」

「そうだ。竹吉は白銀屋に泊まり込んで仕事をしているそうだ。不用心なんで夜は与作に留守番をまかせたい、という竹吉の文を持って、与作はやってきた。安蔵とともに話し合って、留守番はわしらが引き受けることにした」

横から仁助が声を上げた。

「おれは独り身だから、泊まり込んでもいいですよ」

つづけて半次がいった。

「交代で泊まろう。お頭の許しをもらってくる」

「店子たちの目もある。おれと半次は、顔馴染みになっているから用心されないだろうけど、仁助は馴染むまで時がかかるだろう。泊まるときは、おれと一緒のほうがいいだろう」

「今夜は啓太郎と仁助が泊まり込んでくれ。おれは、お頭の許しが出次第、留守番をする。それでいいか」

「わかった。そうしよう」

啓太郎がこたえ、話がまとまったのを見極めて、弥兵衛が告げた。

「みんな、よろしく頼む」

三人が、無言でうなずいた。


昼八つ（午後二時）前に、半次が休みをとりに安蔵の住まいへ行った。

小半時（三十分）ほどして、風呂敷包みを抱えたお町が住まいから出てきた。

仕立て上がった品を、呉服屋へ届けに行くのだろう。

ぶらついている狐目が、お町を見かけて歩み寄ろうとしたが、数歩行ったところで足を止めた。

気配を察したお町が、小走りになったからだった。

路地木戸の通り側に、太い眉の男が地べたに座り込んで休んでいる。

通りへ出たお町を見て、太い眉がゆっくりと立ち上がった。

お町をつけていく。

ふたりの様子を見つめていた弥兵衛が、小声で告げた。

「啓太郎、あの男をつけろ」

「わかりやした」

腰になじまないのか脇差の柄を押さえて、啓太郎が足を踏み出した。

太い眉の男は、近くの蕎麦屋に入って行った。

町家の外壁に身を寄せて、啓太郎が見張る。

小半時もしないうちに、太い眉は出てきた。

寄り道することなく、安蔵店へ向かって歩いていく。

(遅い昼飯を食べにきただけか)

胸中でつぶやいた啓太郎は、半ば拍子抜けした気分で歩を運んだ。

が、不覚にも啓太郎は、太い眉たちの周到な策にはまっていた。

蕎麦屋の向かい側の通り抜けに潜んでいたふたりの男が、お町の跡をつけていくのを見逃していた。

路地木戸を抜けた太い眉は、狐目の男に歩み寄り、何やらことばをかわした。

今度は狐目の男が出かける番だった。

路地木戸を抜ける狐目と啓太郎が行き違う。

刹那……。

狐目がせせら笑ったような気がして、啓太郎は足を止めた。

振り向いた啓太郎が、遠ざかる狐目を身じろぎもせず凝視している。

五

暮六つ（午後六時）を告げる時の鐘が、風に乗って聞こえてくる。

本町にある呉服屋松川屋から、風呂敷包みを抱えたお町が出てきた。

茜色に染まっていた空は、すでに黒みを増している。

足を止めて空を見上げたお町は、風呂敷包みを抱え直し、急ぎ足で歩きだした。

町家の陰から姿を現したふたりの男が、顔を見合わせうなずき合って、跡をつけていく。

人気のない通りだった。

後ろから駆け寄る足音に、お町は足を止めた。

「待ちな。娘さん」

恐れに身をすくめたお町に、男ふたりが追いついた。

「ちょっとつきあってくれねえか」

「いいことしようよ」

舌なめずりしながら男たちが迫る。

後退(あとずさ)りしたお町の背中が、寺の塀にぶつかった。

「もう逃げられない。いうことをきいたほうがいいんじゃねえか」

「それとも痛い目をみたいか」

せせら笑って、男たちがお町につかみかかる。

ことばにならない叫び声を上げて、お町が男たちを振り払おうと必死にもがいた。

いきなりひとりが、お町の頰を拳固(げんこ)で殴る。

衝撃に耐えきれず、お町が倒れ込んだ。

横倒しになったお町にのしかかり、男が押さえつける。

別の男が、もがくお町の裾(すそ)をめくった。

色白のふくらはぎがむき出しになる。

「かわいがってやる」

別の男がお町の膝をつかんで左右に押し広げながら、股間に躰をねじ込もうとする。

「何してやがる。やめねえか」

声がした途端、押し込もうとしていた男が横転する。

のしかかっていた男も跳ね起きる。

「見逃してやる。とっとと失せろ。さもないと金槌をくらわすぞ」

響いた男のわめき声に、お町が目を見張る。

その目に、金槌を振り上げた男と、逃げ腰の男たちの姿が飛び込んでくる。

「失せろ。失せないと、これだ」

金槌を振り回しながら、男たちに襲いかかる。

「野郎」

「覚えてやがれ」

捨て台詞を吐いて、男たちが背中を向けるや走り去っていく。

半身を起こしたお町に、振り向いて男が声をかけた。

「偶然通りかかったんだ。危ないところだったな」

乱れた小袖の裾を直しながら、お町が立ち上がった。左手でしっかり風呂敷包みを抱えている。

「ありがとうございます。どんなことになっていたか。ほんとうにありがとうございます」

頭を下げたお町が、じっと男を見つめた。

歌舞伎の演目の二枚目に出てくるような、ととのった顔立ちの優男（やさおとこ）だった。

おもわず見とれたお町に、男が笑いかけた。

「錺職（かざりしょく）の伊八というんだ。どこへ帰るんだ」

「それは、その」

口ごもったお町の視線を追った伊八が、手にした金槌に気づいて苦笑いを浮かべた。

懐に金槌を押し込みながら、ことばを継いだ。

「何かあったときに備えて持ち歩いているんだ。物騒な世の中だからね」

「たしかに、そうですね」

ついさっきの出来事を思い出したか、お町が怯えたように身震いした。

「さっきの奴らが、どこかで見張っているかもしれない。家まで送っていこう」

「お願いします」

頭を下げて、お町がつづけた。

「お町です。神田明神下の安蔵店に住んでいます」

「お町さんというのか。ところで、その風呂敷包み、襲われたときも、しっかりと抱えていたが何が入っているんだい」

「反物です。注文してもらった仕立てものの生地です」

「偉いもんだ。大事な仕事の品を、どんなことがあっても守り抜こうとする。おれも見習わなきゃいけない」

微笑んだ伊八に、お町がはにかんだような笑みを返した。


表戸の前に心配顔で立っていたお近が、怪訝そうに眉をひそめた。

路地木戸から入ってきたお町が、見知らぬ男を連れていたからだ。

気づいたお町が、お近に駆け寄る。

「おっ母さん、遅くなってごめん」

「あの人は誰なんだい」

歩み寄ってきた伊八がお近に声をかけた。

「錺職の伊八です。お町さんを送ってきました」

「送ってきてくれた？」

はっ、と気づいて、お町に訊いた。

「何かあったのかい」

「帰り道でならず者たちに襲われたの。通りがかった伊八さんが助けてくれた」

こたえたお町が、伊八に向き直った。

「ほんとうに、ありがとうございます」

頭を下げたお町に、伊八が応じた。

「礼を言うには及ばないよ。縁があったら、また会おう」

背中を向けようとした伊八に、あわててお近が声をかけた。

「何もないけど夕飯を食べていってください。せめてものお礼です」

「伊八さん、お願い」

縋(すが)るようなお町の声音だった。

動きを止めて、伊八がこたえた。

「独り暮らしの身、長屋に帰っても何もありません。遠慮なくご馳走になります」

頭を下げた伊八を、表戸を開けたお近とお町が手を取らんばかりにして迎え入れる。

そんなお町たちを、身を低くして井戸端に潜んでいた啓太郎と仁助がじっと見つめている。

「お町さんの帰りが遅いんで、気になって見張っていたんだが、まさか男連れで帰ってくるとはな。それにしても、なかなかの色男だな」

つぶやいた啓太郎に仁助が応じた。

「あの様子じゃ、馴染みの仲ではなさそうだ。遊び慣れているおれには、よくわかる」

「遊びじゃ、引けはとらない。おれもそうおもったよ」

「つまらぬことで張り合っても、屁の突っ張りにもならねえぜ」

軽口をたたいた仁助に、

「そりゃそうだ。様子を窺ってくる」

ゆっくりと啓太郎が立ち上がった。

見廻るふりをして、お町の家の近くに立ち止まって、啓太郎が聞き耳を立てている。

（あまり聞こえない。立ち聞きは無理だな）

首を横に振った啓太郎が、忍び足で井戸端へもどっていく。

半時（一時間）ほどして伊八が、つづいてお町とお近が見送りに出てきた。

会釈した伊八がふたりに背中を向ける。

路地木戸から通りへ出ていく伊八を見届けて、お町たちが家に入った。

ふたりの姿が見えなくなってすぐ、路地木戸のわきから黒い影が浮かび上がった。

月明かりに照らし出された黒い影の顔は、啓太郎のものだった。

遠ざかる、色男の後ろ姿を見据えながらつけていく。

しばらく行ったところで、色男が辻を左へ折れた。

焦って、啓太郎が辻へ急ぐ。

左へ折れたところで、啓太郎は愕然（がくぜん）と立ち尽くした。

行く手には漆黒（しっこく）の闇が広がっている。

（しくじった。隔たりをおきすぎた）

胸中で呻いて、あらためて前方を見据えた。

六

その夜、白銀屋の二階では、銀次を中心に狐火一味が円座を組んでいた。

名主から聞き込んできた弥兵衛のことを、寅吉が報告している。

以前は北町奉行所の与力だったこと、職を辞した後、北町奉行所前の茶屋を買い商いしていること、町奉行所の内情にくわしいことから町年寄、名主、地主たちから、御上と折衝するときの相談役として重宝されていることなどを、一気に話しつづけた。

聞き終えた銀次が顔をしかめて呻いた。

「元与力か。まずい。事を急がないと」

顔を向けて、ことばを継いだ。

「与作、留守番を頼まれたといって、竹吉の住まいに入り込み、夜中に畳をはがして床下を調べ、お宝が見つかったら掘り出して運び出してくるという目論見（もくろみ）、うまくいかなかったようだな」

「そうなんで。あの爺に邪魔されました」

大家に竹吉に書かせた文を見せ、留守番を頼まれたので今夜から泊まり込む、と申し入れたこと。思案にあまったか、大家が下働きの婆さんに弥兵衛を呼びにいかせたこと、やってきた弥兵衛が自分の手先たちに留守番をやらせるといいだし大家が同意したこと、弥兵衛立ち会いのもと、竹吉の家に入り着替えと道具を運び出してきたことなどを、与作がつたえた。

わきから伊八が声を上げた。

「あっしのほうはうまくいきました」

喜十が口をはさんだ。

「うまくいって当たり前だろう。その分、おれと昌五郎がかっこ悪いおもいをしてやったんだ。損な役回りだぜ」

つづけて昌五郎が軽口を叩いた。

「おれなんざ、女の両足を広げようとしたところを後ろから殴られた。結構痛かったぜ」

苦い顔をして、伊八が応じた。

「一番手っ取り早く女を手なずける手を話し合ったとき、おれの策に乗ったのはおまえたちだぜ。かっこ悪いも何も、納得ずくの話じゃねえか。四の五の言うんじゃねえよ」

「言いたくなるじゃねえか。てめえひとりの手柄みたいな言い方しやがって」

「その通りだ。文句のひとつもいいたくなるぜ」

遮るように銀次が言った。

「三人とも、いい加減にしねえか。金を手に入れるためだ。多少のことは我慢しろ」

見やって、ことばを重ねた。

「伊八。これから先は、どう動くつもりだ」

「明日、夕飯をご馳走になったお礼だといって、弁当を手土産にお町を訪ねやす。娘もろとも母親にも取り入るつもりで」

にやり、と冷ややかな笑みを浮かべた伊八に、

「早いとこ、ものにしろ」

告げて、銀次がつづけた。

「爺を始末するか、動きがとれないようにするしかない。さて、どうするかだ。何かいい手はないか」

一同を見渡した。

一膝乗り出して、彦造が声を上げた。

「爺の手先のひとりが脇差を差しだしたんで」

「脇差を。用心のためにか」

問うた銀次に彦造が応じた。

「おそらくそうでしょう。あっしが多少悪さを仕掛けましたから」

「そうか。誘いに乗ったか。上出来だ」

「その日から店子たちの様子が変わりやした。爺たちを警戒したような目で見るようになっています。店子たちを、うまくたきつけられたら」

皮肉な薄ら笑いを浮かべて、銀次が応じた。

「店子たちを利用して、爺たちを長屋から追い払うことができるかもしれねえ。爺を始末する前に、もう一汗かいてみるか」

「やりやしょう」

「手早く頼むぜ」

顔を見合わせ、銀次と彦造が含み笑った。

その頃、母屋の一室で、突然やってきた弥兵衛と紀一郎が向かい合っていた。

「昨日、池之端仲町の白銀屋という煙管屋を見張った。近くに人の気配がするのでたしかめたら、やくざが張り込んでいた。引き上げるとき、わしをつけてこなかったので見張っていたのは白銀屋だと確信できた。紀一郎の指図か」

問いかけた弥兵衛に、

「そのやくざは、私の配下で隠密廻りの同心です」

拍子抜けするほど、あっさりと紀一郎がこたえた。

「変装しているのか」

無言で紀一郎がうなずく。

「いつものようにお松から聞き出したのか、白銀屋のことを」

「そうです。お松を責めないでください」

うなずいて弥兵衛が問いを重ねた。

「中山殿も承知の上でのことか」

「相談しながら動いています。とりあえず私ひとりで動け。その間に同役の方々を口説き落とす、と仰有っていました。これまでと同様、余計なことをするな、とお怒りですか」

「いや。此度（こたび）はありがたい。実は、白銀屋からもどってこない安蔵店の店子がいるのだ」

「くわしい話を聞かせてください」

「竹吉という錺職人なんだが」

白銀屋の手代与作が、銀煙管に彫る細工を頼みに竹吉を訪ねてきたこと、再度やってきた与作が、竹吉を白銀屋に連れて行ったこと、入ったきり竹吉が出てこないことなどを弥兵衛がひと息に話し終えた。

聞き入っていた紀一郎が、首を傾げて言った。

「竹吉のこと、気になりますね。が、年番方与力の足並みが揃っていない状況では、白銀屋に踏み込んで家捜しするわけにはいきませぬ」

「無理は禁物だ。わしのほうも安蔵店をぶらついている不審な男たちと、白銀屋につながりがある、との確証はつかめておらぬ」

「竹吉のこと、明日にでも、白銀屋を見張らせている同心につたえておきましょう。今後は、いままで以上に用心してください」

心配した様子で、さらにことばを重ねようとした紀一郎に、

「どれ、引き上げるか。甘味もつくらねばならぬし、何かと忙しいのだ。忙しい、忙しい」

気づかぬ風を装って、せわしげに立ち上がった。

七

翌日、安蔵店の路地木戸のそばに、弥兵衛と啓太郎、仁助が立っている。相変わらず太い眉の男が、路地木戸と井戸の間をぶらついていた。路地木戸の通り側、弥兵衛たちの斜向かいに、狐目の男が地面に腰を下ろしている。

いま半次は安蔵の住まいで休んでいた。

昼前に、折箱三折を抱えた色男がやってきた。

路地木戸を抜けた色男は、弥兵衛たちを一瞥し、お町の家へ歩いて行く。

出で立ちから、いなせな職人とおもわれる色男は、弥兵衛が初めて見る顔だった。

小声で啓太郎に訊く。

「見たことがない奴。役者にしてもいいくらいの色男だ。どこのどいつか知っているか」

「名は知りません。昨夜、お町と一緒にきて、夕飯を食って帰りました。お町のいい人かもしれませんね。その証に」

目配せした啓太郎の視線の先に、表戸を開け、笑顔で色男を迎え入れるお町の姿があった。

色男がなかに入り、表戸が閉められた。

「なるほどな」

まさしく言い得て妙。ふたりのかかわり具合が一目でわかったような気がして、弥兵衛はおもわずうなずいていた。

半時（一時間）ほどして、色男がお町と一緒に出てきた。

話しながら、路地木戸を抜ける。

「おれがつけましょう」

小声で言った仁助に、

「気づかれぬなよ」

啓太郎が声をかけ、弥兵衛が無言でうなずいた。

ふたりは肩を寄せ合うようにして、神田明神へ向かう石段を登っていく。

見失わないほどの隔たりをおいて、仁助がつけていった。

路地木戸に背中をもたれた狐目が、仁助をじっと見つめている。


境内をお町と色男がそぞろ歩いている。

本殿の裏で、男が不意に足を止めた。

つられてお町も立ち止まる。

さりげなく手をのばして、色男がお町の髷の乱れを直してやる。

一瞬こわばった表情を浮かべたお町だったが、はにかんだ笑みを浮かべて、男のするがままにまかせている。

立木の陰に身を潜めた仁助が、そんなふたりを眺めている。

「やけに女の扱いがうまい野郎だな。男慣れしていない素人娘だ。すぐその気になっちまうぜ」

おもわずつぶやいた仁助が、あらためてふたりに目を注いだ。

小半時（三十分）ほどしてお町たちが帰ってきた。

家に入ってお近に挨拶でもしたのか、色男がすぐに出てきた。

お町とお近が表戸の前に立って、男を見送っている。

通りへ出た色男が歩き去っていく。

その後ろ姿を見やった弥兵衛が、うむ、と呻いて首を傾げた。

暮六つ（午後六時）を告げる時の鐘が鳴り始めた。

その音を合図代わりに、太い眉と狐目が安蔵店から引き上げていく。

日々繰り返されている光景だった。

ふたりの姿が消えるまで見届けた弥兵衛と半次、啓太郎に仁助が、帰りの挨拶をしに安蔵の住まいへ向かおうとしたとき、お直やお梅を先頭に嬶たち、仕事から帰ってきた、駕籠屋のふたりをのぞく男たちが、それぞれの住まいから出てきた。

睨（にら）みつけながら弥兵衛たちに迫ってくる。

店子たちが半円状に弥兵衛たちを囲んだ。

一歩前に出たお梅が、啓太郎と仁助を指差し声を上げる。

「そこのふたりが、なんで竹吉さんの家に泊まり込んでいるのか、そのわけを訊きたいんだよ」

　喧嘩腰の物言いに、

「何だと」

　腹立たしげに応じて、啓太郎が前へ出ようとした。

　手で制した弥兵衛が、半次に告げた。

「大家さんを呼んできてくれ」

「わかりやした」

　行こうとした半次の行く手を、店子たちが塞ぐ。

「大家さん立ち会いのもとで話す。それでいいな」

　店子たちを見据えて告げた弥兵衛の声音に、有無を言わせぬものがあった。

　気圧されたのか、店子たちが左右に割れた。

　半次が、背中を丸めて駆け出していく。

　ほどなくして半次が、安蔵とともにもどってきた。

　ただならぬ様子に驚いた安蔵が、店子たちに声をかける。

「これは、いったいどういうことなんだ」

お直がわめいた。

「竹吉さん、どうしたのさ。無事なのかい」

「わからん。たしかめてみる」

こたえた弥兵衛を、敵意の籠もった目で見据えたお直が、安蔵に向き直った。

「大家さん、得体のしれない男たちを長屋に泊めないでおくれ」

突然、仁助が声を荒らげた。

「得体のしれない男だと。何を言ってやがる。おれはともかく、啓太郎はいままでおめえたちの用心棒がわりをつとめていたんじゃねえのか。そうだろうが」

凄まじい剣幕に、

「それはそうだけど」

一瞬たじろいだお直だったが、口ごもりながら店子たちを振り向いてつづけた。

「けど、脇差なんか差して、なんか気持ち悪いよね」

「そうだ」

「そうだよ」

口々に店子たちが騒ぎたてる。

躰を震わせて、安蔵が怒鳴りつけた。

「黙りなさい」

その一喝に、店子たちが口を噤む。

怒りに顔を真っ赤にして、安蔵が吠えた。

「心意気で用心棒がわりを引き受けてくれた弥兵衛さんたちに、何てことを言うんだ」

出職なのか日焼けした小太りの中年男が、上目使いに安蔵に訊いた。

「弥兵衛さんたちは、ただ働きじゃないんだろう。毎日顔を出しているんだ。日当を払っているに違いない。でなきゃ、おまんまの食い上げになっちまう。心意気だなんて言ったけど、嘘だろう。ほんとうのことを言ってくれよ」

「そうだよ」

「いまどき、ただ働きする奴なんていないよ」

相次いでお直とお梅が騒ぎ立てる。

「おまえたち、情けないことを」

呻くように言った安蔵が、ことばを重ねた。

「そんな金がどこにある。この長屋には子供がいない。子供たちはどうなったんだ。貧しくて、貧しくて、食い扶持を減らすため、奉公に出したんじゃないのか。ただ働きしてもらうしかないんだ」

呆けたように、店子たちが黙り込む。

「心意気だよ。弥兵衛さんたちは、ただでおまえたちを守ってくれているんだ。わからないのか」

「そんな馬鹿な」

「信じられないよ」

いままでの勢いは、どこ吹く風。躰を縮めて、お直とお梅が力なくつぶやいた。

店子たちも悄然と肩を落とす。

店子たちの気分がおさまったのを見届けて、安蔵が告げる。

「みんな、弥兵衛さんたちにお礼を言って引き上げるんだ。わかったね」

顔を見合わせ、渋々会釈した店子たちが、それぞれ自分の家へ帰っていく。

「やってられるか」

小声で言って、仁助が唾を吐き捨てた。

無言で見合って、半次と啓太郎がため息をつく。

申し訳なさそうに、安蔵が弥兵衛に頭を下げた。

空を見据えた弥兵衛は、下唇を強く噛みしめている。

第七章　暮れぬ先の提灯

一

白銀屋の一室で、銀次や、脇に控える寅吉を囲んで、彦造ら狐火一味の面々が扇形に座っている。

一同を見渡して銀次が告げた。

「殺して、抜け道に置きっぱなしにしている竹吉の骸（むくろ）が臭い始めるころだ。そろそろ始末しなければならねえ。が、そう簡単にはいかない有様だ」

わきから寅吉が声を上げた。

「二日前から長脇差を帯びたやくざたちが、交代しながら二六時中、白銀屋を見張っている。骸を店から運び出すわけにはいかない。やくざが町奉行所の手の者だったら、下手に動けば、気づかれて面倒なことになる。どうしたものか」

彦造が口をはさんだ。

「今日、店子たちがみょうな動きをしていたんで、引き上げたとみせかけて、物陰に潜(ひそ)んで爺(じじい)たちの様子を窺(うかが)っていたら、おもしろいことが起こった」

「どんなことだ」

訊いてきた銀次に、彦造がこたえた。

「店子たちが、爺たちのところに押しかけたんだ。爺の手先が大家を呼びに行き、やってきた大家が騒ぎをおさめたんだが、爺たち、かなり吊るし上げられていたぜ」

「いい話だ。もう一息だな」

ほくそ笑んで、銀次がことばを継いだ。

「白銀屋は、そろそろ見切り時だ。爺たちを追い払ってしまえば、夜の闇にまぎれて長屋に押し入り、店子たちを縛り上げて一カ所に監禁する。見張りをひとりつけて、後は穴を掘るだけだ。丑造は年寄り、金をそれほど深く埋めていないだろう。掘り出したら、長屋に火をつけてずらかればいい。何度もやってきたことだ。朝飯前の仕事だろうよ」

皮肉な口調で寅吉がいった。

「いまさらそんなことを言うんなら、もっと前にやるべきだったんだ。それを、さんざん嫌がらせをしたら、店子たちは自分から長屋を出ていくんじゃねえか。その後、長屋に店子として住み込んでお宝を掘り出そう。荒事は最後の手段だ。天下の剣豪と言われる人たちが口を揃えて言ってるじゃねえか。戦わずして勝つとよ、なんて屁理屈をこねて、ずるずる引き延ばしたあげくが白銀屋は、そろそろ見切り時か。呆れてものも言えねえぜ」

「そう言うな。おれは、いまも白銀屋を盗人宿として、何とか残したいと心底おもっているんだ」

「口では何とでも言える。言い訳はよしにしてもらいてえな」

「手厳しいな。おれの見立てが甘かった。そうおもっているよ。悪かったな」

「親分の片腕だった銀次兄貴に逆らう気はねえが、見込みがはずれすぎだ。文句のひとつも言いたくなるぜ」

「そこらへんで勘弁してくれ。仲間割れしてもいいことはねえ」

「それはそうだが」

寅吉が黙り込んだ。

話が終わったのを見極めて、伊八が話に割り込んだ。

「まだお町をものにしてねえ。生娘(きむすめ)だ。殺すのはもったいねえ」

「早いとこ、ものにするんだな」

薄ら笑った銀次に、

「わかった。ことを急ぐよ」

応じて伊八が舌なめずりした。

顔を向けて、銀次が告げた。

「彦造、明日、爺のいないときに脇差を差した手先に喧嘩を売れ。刃物三昧になるように仕向けるんだ。それを見た店子たちは、怖じ気づいて爺たちを追いだそうとするだろう。派手に騒ぐんだ」

にんまりして彦造がいった。

「いつものことだが、銀次兄貴、悪知恵がよく浮かぶよ」

「褒(ほ)めてくれてありがとうよ」

目を細め、ふてぶてしい笑みを浮かべた。

二

翌朝、弥兵衛が安蔵店に顔を出すと、路地木戸のそばには啓太郎と半次しかいなかった。

相変わらずどぶ板に沿って、太い眉の男がぶらついている。

ちらり、と男に目を走らせ、弥兵衛がふたりに歩み寄った。

「仁助はどうした」

困ったように、ふたりが顔を見合わせる。

申し訳なさそうに啓太郎がこたえた。

「『守ってやっているのに文句をつけてきやがる。一晩考えたが、あんな店子たちのために危ないめにあうのはご免だ』と今朝方、不貞腐(ふてくさ)れて引き上げていきました」

「そうか、仕方がないな」

沈んだ弥兵衛の物言いだった。

正直いって、仁助の気持ちがわからないでもなかった。

昨夜は、予想もしていなかった店子たちの態度に、腹立たしさを抑え込むのに苦労し、弥兵衛自身、なかなか寝付けなかった。

「『おれの面を潰す気か』と迫ったら、仁助の野郎『これで勘弁しろ。苦労して手に入れた代物だが、啓太郎とはこれからも遊び仲間でいたいからな』と言って、こんなものを置いていきました」

懐から一枚の札を取り出した啓太郎に、弥兵衛が問うた。

「花札か」

「仕掛け札でさ」

「仕掛け札？」

鸚鵡返しをした弥兵衛に、花札の八月、芒に月の光札を掲げて見せた啓太郎が、

「ほれ、このとおり」

といって、札の裏地を指で軽くさすった。

驚いて、弥兵衛が目を見張る。

「絵柄が変わった」

「芒に雁の種札になりやした」

「裏に仕掛けがあるのか」

訊いた弥兵衛に、

「花札は、表紙と芯紙を貼り合わせた生地に、さらに裏紙を貼りつけてつくります。芯紙と裏紙の間、下半分に薄紙の厚みほどの隙間をつくって、裏紙の縦半分の少し上に光札の月の部分を上下することができる細工が仕組まれているんです。本来なら無地の芯紙に、種札の雁の部分が描かれているという寸法で。だから、このとおり」

再び花札の裏地をさすってみせた。

「芒に月の絵柄にもどった。見せてくれ」

「いいですよ」

花札を差し出した啓太郎から、受け取った弥兵衛が、しけしげと花札に見入っている。

何度か裏地をさすってみた。

「どうも、うまくいかん。コツがいるようだな」

「人の目は、自分でおもっているほど、ものを見極められないようでして。仕掛け札は相手を騙すためのもの。親爺さんのような素人を相手にした場合はうまくごまかせても、博打の玄人筋相手に、いかさまを見破られないよう巧みに使いこなすには、それなりの修行が必要です」

「上半分をずり上げ、ずり下げて絵柄を変えるのか。これは」

何か閃いたらしく、弥兵衛が空を見据えた。

「ずり下げ、ずり上げる。そうか、そういうことか」

不意に口走った弥兵衛が、ふたりに目を向けた。

「気になることがある。たしかめてみたい」

「親爺さんのやりたいように」

「ふたりで、しっかり見張りますよ」

笑みを見せて、半次と啓太郎が相次いで応じた。

「暮六つまでにはもどる」

告げた弥兵衛が背中を向けた。

路地木戸から弥兵衛が出て行く。

ほどなくして、狐目の男と馬面の男がやってきた。

太い眉に歩み寄る。

竹吉の住まいの前で、三人が立ち話を始めた。

路地木戸のそばにいる啓太郎と半次が、男たちを見つめている。

「今日は三人か」

啓太郎がつぶやき、

「何のつもりだ」

首を傾げて半次が応じた。

何をおもったか、太い眉が竹吉の住まいの前に腰を下ろし、表戸に背中をもたれた。狐目は井戸端へ歩を移す。

いつものように井戸端で世間話をしていたお直とお梅が、あわてて、その場から離れ、近くの家の表戸を開けて入っていった。

馬面がどぶ板沿いをぶらつき始める。

顔を見合わせた啓太郎と半次が、再び太い眉たちに目を注いだ。

三

白銀屋の裏手にある通り、稲荷社の前に弥兵衛はいる。

あらためて通りに立って見てみると、社（やしろ）の台座は長四角で、左右には人がひとり通ることができるほどの空間が広がっていた。

社の後ろ側は見えない。


白銀屋の裏口に面した横道に、弥兵衛は移動した。

境内と道の仕切りになっている石垣と、白銀屋の塀の間には、やはり人ひとり通れるほどの隙間があった。

そこから弥兵衛は、境内に入り込む。

社の後ろに回り込んだ。

台座の一面には、一枚の石が使われていた。四面それぞれに一枚ずつ石が張られ、石と石の間の四隅に、別の石がはめ込まれている。石を支えるためか、最下部に土台代わりの石が埋められ、壁面を支えている。

四面を、一面ずつ叩いてみた。

台座の内部は土などで固められているらしく、空洞のときに発するような音はしなかった。

裏側の一枚石と両横面の石の間にはめ込まれた石を、上下に動かそうとしたが、びくともしない。

仕掛け札の細工を見て、台座の後ろ面がずり下がり、ずり上がるような仕掛けがあるのではないか、と考えた弥兵衛の推測は見事にはずれた。

首を傾げた弥兵衛は、胸中でつぶやいた。

（白銀屋のどこかから、台座まで抜ける道があるのではないかとおもったが、台座が動かないとなると話は別だ。これで男たちは白銀屋に潜んでいるのではないかという推測ははずれた。跡をつけて、男たちがどこに住んでいるか突き止めなければなるまい）

あきらめかけた弥兵衛だったが、おもいなおした。

（まだ地面をあらためていない。白銀屋の塀から台座まで抜け道があるかどうか調べてみよう）

土に耳をあて、白銀屋の塀から台座までの間の地面を、拳(こぶし)で小刻みに叩いていく。

地下に空洞があるかどうか、よくわからなかった。

立ち上がった弥兵衛は、まわりを見渡した。

うむ、とひとりうなずいて、今度は通りとの境の石垣のそばに近寄る。

土に耳をあて、台座と塀を結んだ線に並行して、石垣沿いに同じ動作を繰り返した。

（台座の後ろ側とは音が違う。もう一度たしかめてみるか）

再び弥兵衛は、同じことをやってみた。

明らかに音が違っている。

（台座後方の地下に空洞がある。おそらく抜け道だろう。抜け道がある以上、どこかに出口はあるはずだ）

弥兵衛は、再度台座を調べ始めた。

半時（一時間）近く調べたが、仕掛けは見つからなかった。

（出直そう）

そう判じて弥兵衛は踵を返した。

安蔵店へ向かいながら、弥兵衛は考えつづけた。

（白銀屋には抜け道が必要なわけがあるのだ）

例繰方として勤めていた頃、調べ書をまとめて書き記した捕物帳の、さまざまな事件を脳裏でたどっている。

たどりついた推測は、

〈白銀屋は盗人宿かもしれない〉

というものだった。

盗人宿、ということばが、おもいがけないことにつながった。

（太い眉の男、どこかで会ったとおもっていたが、ひょっとしたら人相書で見たのかもしれない）

数多くの盗人の人相書を見てきた。が、いまではそのすべてが、名も顔も忘れ去って定かではない。

（紀一郎に頼んで、北町奉行所例繰方の書庫でものぞかせてもらうか）

胸中でつぶやきながら、弥兵衛は歩みをすすめた。

その頃安蔵店では、太い眉の男が啓太郎たちにからんでいた。

「その脇差は何のつもりだ。おれたちに喧嘩を売る気だな」

いきなり啓太郎につかみかかった。

「何をしやがる」

啓太郎がはねのける。

刹那（せつな）……。

駆け寄る足音が響いた。

間近に迫る狐目の男と馬面の男を見やって、半次が吠えた。

「てめえら、やる気か」

啓太郎たちと太い眉の男らが、対峙して睨み合う。

無言で太い眉や狐目、馬面が懐に呑んでいた匕首を抜き連れた。

つられたように啓太郎が脇差を、半次が匕首を抜く。

細めに開けて成り行きを眺めていたのか、表戸をなかから開けて、お梅が叫んだ。

「刃傷沙汰はご免だよ」

なかから飛び出してきたお直が、走りながらわめいた。

「大家さん、大変だ」

声が聞こえたのか、安蔵が家から出てくる。

「弥兵衛さんの手先と男三人が、刃物を手に睨み合ってる」

声を高めたお直に、

「何だって」

血相変えて、安蔵が走り出した。

路地木戸へ駆け寄りながら安蔵が怒鳴った。

「何をしている。やめないか」

ちらり、と安蔵に目を走らせた太い眉が、

「邪魔が入った。近いうちに必ず落とし前をつけてやるぜ」

匕首を鞘に収めて後退る。狐目と馬面が、それにならった。

脇差を啓太郎が、匕首を半次が鞘に収める。

寄ってきた安蔵を睨みつけ、太い眉が声を荒らげた。

「おれたちは、店子たちの様子を楽しみながら、暇つぶしにぶらついているだけだ。こいつらが仕掛けてこなかったら、喧嘩はしねえぜ」

半次が吠えた。

「喧嘩を売ったのはおまえたちだろう。何もしなきゃ、おれたちは手出しはしない」

顔を見合わせて、太い眉たちがせせら笑う。

困惑をあらわに、安蔵が立ち尽くした。

四

安蔵店にもどってきた弥兵衛は、井戸端で立ち話している太い眉と狐目、馬面の男たちに、驚きの目を向けた。

いままで長屋のなかで、男たちがつるんでいることはなかった。

見やると、それぞれの家の表戸を細めに開け、お直、お梅、嬶(かかあ)たちに居職の職人などが、啓太郎と半次に警戒と敵意の入り交じった視線を注いでいる。

路地木戸のそばで、啓太郎と半次がうつむいてしゃがんでいる。

歩み寄って、弥兵衛が訊いた。

「何かあったのか」

安堵したように弥兵衛を見上げて、啓太郎と半次が立ち上がった。

口を開いたのは啓太郎だった。

太い眉の男にからまれたこと、寄ってきた狐目と馬面の男たちが太い眉とともに匕首を抜いたこと、啓太郎が脇差を、半次が匕首を抜いて睨み合ったこと、お直とお梅が騒ぎたて大家が駆けつけて止めたことなどを話しつづけた。

聞き終えて、弥兵衛が告げた。

「大家に会ってくる」

厳しい表情でふたりが顎を引いた。


やってきた弥兵衛を、苦い顔つきで安蔵が迎え入れた。

座敷で弥兵衛と安蔵が向かい合っている。

座るなり、安蔵が訊いてきた。

「啓太郎さんたちから聞きましたか」

「あやうく刃傷沙汰になりそうだったようだな」

応じた弥兵衛を見つめて、安蔵がいった。

「これからは、喧嘩にならないように気を配ってください」

「相手が仕掛けてきたときは、そうもいかぬだろう」

「それはそうでしょうが、そこを何とか。店子たちが怖がっています」

「できぬ。啓太郎と半次に、男たちから匕首を突きつけられても脇差や匕首を抜いてはならぬ、とはとてもいえぬ。ふたりの命にかかわる」

きっぱりと言い切った。

うむ、と呻いて安蔵が黙り込んだ。

弥兵衛が無言で、安蔵を見据えている。

ややあって、安蔵が口を開いた。

「松浦さんの仰有るとおりです。どうしたものか」

ため息をついて、首をひねった。

小半時（三十分）ほど、同じようなやりとりが繰り返された。

「埒があかぬ。おたがい、もう少し考えてみよう」

腰を浮かせた弥兵衛に、

「ない知恵をしぼってみます」

安蔵が頭を下げた。

北町奉行所の一室で、中山と紀一郎が話していた。

白銀屋を張り込んでいる、隠密廻りの同心から朝方受けた報告を、中山につたえている。

「手代とおぼしき男と道具箱と風呂敷包みを抱えた職人が白銀屋に入って行った。つけてきた松浦さんが、夜まで張り込んでいたが、誰も出てこないので引き上げていった。職人は、入ったきり、いまだに出てこない。そういうことだな」

なかみについて念押しをした中山に、

「そうです」

紀一郎が応じた。

じっと見つめて、中山が告げた。

「同役のふたりは説き伏せた。これで、いま松浦さんがかかっている一件に、北町奉行所としておおっぴらにかかわることができる。今夜にでも、松浦さんとふたりで向後、どんな具合に協力しあって探索をすすめていくか、存分に話し合ってくれ」

「承知しました」

紀一郎が頭を下げた。

五

「今夜は竹吉の家には泊まらなくともよい。屋敷に帰ろう」

そう弥兵衛にいわれた啓太郎は、

「おれから言い出そうとおもっていたところでした。店子たちの目つきがどうにも気にいらない」

暗かった啓太郎の顔が一気に明るくなった。

「よかったな。お頭から、外に泊まってもいい、とお許しをもらったんで、おれが留守番をしてもいい、とおもっていたんだが、おれの気持ちも同じで、泊まる気が失せてしまった。それでつい、許しが出たことをいいそびれていたんだ。悪かったな」

横から声をかけた半次に、啓太郎が応じた。

「気にするな。これからは親爺さんから頼まれても、竹吉の家には泊まらない。それでいいですよね、親爺さん」

「わかった。無理強いはせん」

苦笑いして弥兵衛が言った。

離れにもどってきた弥兵衛と啓太郎に、風呂敷包みを手にしたお松が声をかけてきた。

「啓太郎さん、今日、おっ母さんが茶屋にやってきて『着替えを持ってきた。洗い物があったら、お松さんに預けておくれ。明日、茶屋へとりに行くから』と言っていたよ。たまには顔を出しておやり。心配していたよ」

風呂敷包みを受け取って啓太郎がこたえた。

「一件が落着したら帰る。心配しないでくれ、とおっ母あにつたえてください」

「わかったよ。親孝行したいときには親はなし、という諺がある。たったひとりのおっ母さんだ。大事にしなきゃ」

「わかりました」

神妙な顔をして、啓太郎が頭を下げた。

弥兵衛を見やって、お松が告げた。

「夕餉は用意してあります。お加代が茶をいれる、と言っていました。あたしは、帳面をつけなきゃいけませんので、今日はこれで部屋に引き上げさせてもらいます」

「よろしく頼む。いつもすまぬな」

申し訳なさそうに弥兵衛が言った。

夕餉を食べ終えた頃、離れに千春がやってきた。

「呼びつけるようで申し訳ありませぬが、旦那さまが義父上に話があるのでおいで願いたい、と申しております」

「すぐ行く、とつたえてくれ」

こたえた弥兵衛に、

「申しつたえます」

頭を下げて、千春が踵を返した。


弥兵衛が母屋に行くと、紀一郎がかたい顔つきで待っていた。

居間で相対して座ると、紀一郎が白銀屋を見張らせていた同心の報告などを、弥兵衛につたえ始めた。

手代と一緒に白銀屋に入っていったきり職人が出てこないこと、中山が年番方与力仲間を説き伏せたこと、いつでも出役できる体制がととのったことなどを話しつづけた紀一郎が、弥兵衛を見つめて告げた。

「いままで父上が調べられた事柄を聞いてくるように、と中山様からいわれました」

「すべて話そう。これから先はわしひとりでやるより、町奉行所に助けてもらったほうが何かとうまく運ぶだろう」

そういって弥兵衛が、一件にとりかかったきっかけから、今に至るまでの経緯を語りつづけ、

「手先として動いてくれている啓太郎なる者に、身を守るための脇差を差させたが、そのことが店子たちのみょうな勘繰りを生んでな。このところ、店子たちのわしを見る目が冷ややかなのだ」

と苦笑いした。

「誰が自分たちを守ってくれているのか、見失ってしまう。目の前のことしか見えずに、何か起きるたびに一喜一憂する。そういう連中が多すぎるのです。困ったものだ」

腹立たしげに紀一郎が吐き捨てた。

「だからと言って、いまさら手を引くわけにはいかぬ。白銀屋から出てこない職人、竹吉はもう殺されているかもしれない。安蔵店をぶらついて嫌がらせしている男たちは白銀屋にいる、とわしは睨んでいるのだ。白銀屋は盗人宿かもしれない」

「盗人宿ですと。なにゆえ、そう推測なさいました」

「わしは白銀屋の裏口に面した横道で、安蔵店をぶらついている太い眉の男と出く

わした。突然、横道に出てきたのだ。が、裏口からではなく。もう少し裏手の通りから出てきたような気がした。それで白銀屋の周りを歩いてみた」

白銀屋の裏手にある通りにこぶりな稲荷社があること、聞き込みをかけたが、表からも裏口からも、出入りする太い眉の男や他の男たちを見た者はいなかったことなどを話して、弥兵衛はつづけた。

「それで抜け道でもあるのかとおもい、今日思い立って調べに行った」

「ありましたか、抜け道は」

身を乗り出した紀一郎に、弥兵衛が告げた。

「見つからなかった。ただ」

「ただ、何です」

「地下に空洞があるような音がする。土に耳を当て、地面を叩いて調べた。白銀屋の裏手の塀から稲荷の社の台座まで、その音はつづいた。わしは抜け道だとおもう」

「掘り返してみましょう。北町奉行所でやること、誰にも文句はいわせません」

「わしは台座の背面が抜け道の出入り口になっているのではないか、とおもい調べてみた。が、出入り口は見つけられなかった。それゆえ、抜け道があるとは断言できぬ。が、地下に空洞はある。空洞があると推断できる」

「とにかく稲荷社を調べましょう」

「そうしてくれ。掘り返さなくともよい。おおっぴらに調べるのだ。白銀屋が盗人宿だとしたら、身の危険を感じて、盗人どもが必ず動きだすはずだ」

「わかりました」

「それと、明日、例繰方の書庫に入れるように手配してくれ。前に会ったことがあると思い込んでいた男がいるが、人相書で見たのかもしれぬ、と思い直したのだ。人の目は、見たものをたしかに見極めてはいないと思い知らされる出来事があってな」

弥兵衛が懐から花札の仕掛け札をとりだし、紀一郎の目の前に掲げて、裏地をゆっくりとさすった。

ぎこちない動きだったが、ゆっくりと上半分の絵柄がずり下がった。

「絵柄がかわった」

驚きが、紀一郎の声音に籠もっている。

「手慣れた連中は、仕掛けを素早く動かすそうだ」

「よく見ているようで見ていない。そういうことですか」

とつぶやき、ことばを重ねた。

「わかりました。明日、私と一緒に出仕しましょう」

「武士の隠居らしい格好をしていくか。髷の髱だけはひっつめないで町人髷のままだがな」

「父上が茶屋をやっていることはみんな知っています。かまいませんよ」

微笑んで紀一郎が応じた。

六

一晩考えた弥兵衛は、啓太郎と半次だけなら、また男たちが喧嘩を仕掛けてくるに違いない、と判じた。

翌朝、啓太郎に告げた。

「半次と落ち合ったら、安蔵店からすみやかに引き上げるのだ。が、それは男たちを欺くための動き。近くに潜んで見張りつづけてくれ」

「わかりやした。厭味な店子たちの目を気にしなくてすむ。半次も喜ぶでしょう」

こたえて啓太郎が笑みを浮かべた。

無言で、弥兵衛が微笑みを返した。

羽織袴姿の、武士の出で立ちをととのえた弥兵衛は、紀一郎とともに北町奉行所へ向かった。

年番方与力用部屋に顔を出し、中山ら年番方与力たちに挨拶をした後、弥兵衛は紀一郎立ち会いのもと、例繰方の書庫に入った。

三方の壁際、板敷きの広間には人が行き交うことができるほどの幅をおいて、六尺ほどの高さの書棚が数十列ならべられている。

襖のそばに、文机が五前(ぜん)置いてあった。

足を踏み入れたところで、弥兵衛が立ち止まった。

「どうされました」

訊いてきた紀一郎に弥兵衛が応じた。

「少しも変わっておらぬ。長年いた場所、懐かしい」

「父上は日がな一日書庫に詰めておられた、と中山様からよく聞かされました。あれほどの知識、捕物に携われば多くの事件を落着されたに違いない、とも仰有っておいででした」

「中山殿の買いかぶりだ。中山殿は組織の動かし方を知っている。わしには、その力はない。事件を分析し、その成り立ちを理解しても、しょせん机の上の戯(たわむ)れに過ぎぬ。探索に携わって、はじめて、そのことがわかってきた。頭の中で、探索のためのさまざまな目論見を組み立てても、現場へ行くと考えていたこととはまったく別の、予測もしなかったことが起きてくる。しかし、それが、まこと楽しいのだ」

「楽しいとは？」

問いを重ねた紀一郎に、

「おもいもかけぬことに出会い、それをあの手この手を使って落着する。日々違うことと出会い、何とかしようと知恵を絞る。考えてみれば、例繰方として事件の数々を記していたときも、いま思えば、わしは日々新たな事件と出くわしていたのだ。だからこそ飽きもせずに、調べ書や捕物帖と長年向き合うことができたのだろう。さて、と」

書棚に目を走らせて、弥兵衛がことばを継いだ。

「盗人たちの調べ書でも調べるか」

「私は配下の同心たちに、白銀屋の裏手にある稲荷社の境内に、抜け道があるかどうか調べるように命じ、出役します。父上は調べ物がすんだら、中山さんにその旨をつたえて、引き上げてください」

「結果がわかったら、知らせてくれ。それと」

「他に何か」

訊いてきた紀一郎に、弥兵衛が告げた。

「昨夜も言ったが、できるだけ目立つように稲荷社を調べてくれ。盗人一味をあぶり出すためのよき手立てだ。表の出入りも見張らせてくれ」

「承知しました」

同心詰所へ向かうべく、紀一郎が踵を返した。

一刻（二時間）ほど弥兵衛は、書棚から何冊もの盗人たちの調べ書を取り出し、読みつづけた。

調べ書に目を通しながら、

（男たちはなぜ安蔵店をぶらついているのか）

その理由を考えていた。

手にした十五冊めの調べ書に、その疑問にたいする答えに似た事件が書き残されていた。

ほとぼりをさますため、分け前を二度にわけて渡すと決めた親分から、盗んだ金を預かる役目を命じられた盗人の兄貴格の老爺（ろうや）が、自分が住んでいる長屋近くの寺の床下に、壺に入れた多額の金子を埋めていた、という事件だった。

夜中に度々出かけていく老爺に不審を抱いた同じ長屋の店子が、跡をつけていった。

身を隠して見ていると、本堂の床下に潜り込んだ老爺は、壺を掘り出して、なかをあらため、また埋めた。その動きに疑念を抱いた店子が、自身番へ訴え出て、事が露見したのだった。

老爺、ということばが安蔵店に住んでいた丑造という錺職のことをおもい起こさせた。

（そういえば竹吉とお町母娘が住んでいるところは丑造が借りていた住まいだったな）

胸中でつぶやいた弥兵衛は、

（丑造が、盗んだ金を預かる役目をまかされた盗人（ぬすっと）だったとしたら。竹吉やお町母娘の家の床下に、いずれ分ける金が埋められていたとしたら）

そう仮定したとき、太い眉の男たちが安蔵店をぶらついているわけがわかったような気がした。

（丑造という名の盗人がいるかどうかあたってみよう）

家人奉公人を皆殺しにして、押し込んだ店にある金をすべて盗み取って逃げ去る、いわる畜生働きをしつづける盗人一味の調べ書からあたり始めた。

さらに二十七冊めの調べ書をあらためる。

調べ書に添えられていた人相書の一枚に、笠間の丑造という名が見つかった。

人相書の左下に、

〈狐火の万吉一味、兄貴格〉

と添え書きされている。

つづけて、狐火の万吉一味についてくわしく記された調べ書にあたった。

添付された人相書の束をあらためていく。

四枚目で、弥兵衛の手が止まった。

「こいつだ」

おもわず口に出していた。

人相書に見入る。

左右の太い眉が点線で一本につながっていた。

目を閉じて、太い眉の男の顔を脳裏に浮かべる。

人相書と直接見るのでは多少の違いはあるが、特徴は一致していた。

（間違いない）

そう判じて、弥兵衛は添え書きを読んだ。

〈三崎（みさき）の彦造〉

と名が記され、左下に、

〈狐火一味〉

とあった。

書庫でやるべきことは終わった。

取り出した調べ書をもとにもどした弥兵衛は、中山に挨拶をすべく、年番方与力用部屋へ向かった。

七

安蔵店では、彦造と狐目、馬面が我が物顔でぶらついていた。

路地木戸のそばに啓太郎と半次の姿はない。

　三人は、井戸端に腰を下ろしたり、どぶ板沿いに歩いたりしている。

　表戸を細めに開けて様子を窺っている嬶を見つけると、薄ら笑いを浮かべて歩み寄り、のぞき込んだりした。

　焦って嬶が表戸を閉めると、男は腰高障子に唾を吐きかけて離れていく。

　そんな光景が、あちこちで繰り広げられていた。

　いつもは井戸端で四方山（よもやま）話をしているお直とお梅は、安蔵の住まいに押しかけていた。

　部屋に上がり込んで、安蔵と話している。

「爺さんの姿が見えない。どうしたんだろう」

　口を尖らせたお梅が声高にいい、

「男たちが勝手気ままに歩き回っている。大家さん、何とかしておくれよ」

　顔を突き出すようにして、お直がわめいた。

　辟易（へきえき）した安蔵が、

「おまえたちが弥兵衛さんたちにけんつくを食わすから、こういうことになるんだ。わしには、どうにもならないよ」

困り果てて、大きくため息をつく。

「そんなことをいわないで」

「土下座しても、弥兵衛さんたちを連れてきておくれ。頼むからさ」

お直とお梅が吠え立てる。

そんなふたりを、安蔵がげんなりして見やっている。

白銀屋裏の稲荷社では、紀一郎の指図のもと、配下の同心や小者たちが鋤、鍬を手に社の台座の後ろから白銀屋の塀の間を掘り返していた。

二階の障子窓を開け、銀次と寅吉が紀一郎たちを見下ろしている。

「この勢いで掘られたら、明日には抜け道が見つかるのもしれねえな」

つぶやいた寅吉に銀次が応じた。

「抜け道は地面から六尺下につくってある。もう少し時がかかるだろう」

「土地に根を張った堅気の煙管屋、白銀屋として知られるまで、かなりの時がかかった。盗人宿だとは、誰も気づかなかった。これほどまでに世間を欺きつづけた盗人宿は、めったにないぜ。見捨てるなんて、もったいない話だ」

ため息まじりに寅吉がぼやいた。

「まさしく潮時だ。今夜、安蔵店に押し込む」

「今夜？　支度できるのか」

「心配ない。いままで長屋をぶらつかせたのも、そのためだ。彦造たちは、どこに何があるか、長屋の隅々まで知っている。彦造たちにつなぎをつけ、安蔵店の近くで落ち合って押し込もう」

「与作を使いに出そう。竹吉の道具を取りに行ったように見せかければ、彦造たちにつなぎをつけられる」

応じた寅吉に、銀次が告げた。

「夜も探索する気なら、提灯を用意してくる。日が落ちたら、北町奉行所の奴らは引き上げる。見届けたら、有り金全部と着替えを風呂敷包みにくるんで、堂々と表から出て行こう。もう白銀屋にはもどってこない。近所の連中に見られてもかまわないだろう」

「そうだな」

たがいに不敵な笑みを浮かべて顔を見合わせ、再び視線を稲荷社にもどした。

視線の先に、動きまわる小者たちと指図する同心、見つめる紀一郎の姿がある。

第八章　金銀は回り持ち

一

稲荷社の探索は暮六つ（午後六時）に打ち切られた。

その動きを、白銀屋の二階の障子窓から、昌五郎が見つめている。

台座の後ろから塀まで掘り返していたが、何も見つかっていなかった。

鍬(くわ)や鋤(すき)を手にした小者たちが、紀一郎や同心に率いられて引き上げていく。

稲荷社の境内から北町奉行所の手の者がすべて出て行ったのを見届けて、昌五郎が窓を閉めた。

部屋で銀次、その脇に寅吉、左右に伊八と喜十、向かい合って昌五郎が座っている。

報告を受けて、銀次がつぶやいた。

「みんないなくなったか」

一同を見渡し、ことばを重ねた。

「今夜四つ過ぎに安蔵店に押し込む。大家や店子たちは一カ所に集めて閉じ込める。抗う奴は殺す。閉じ込めた連中は縛り上げる。店子たちの見張り役をひとり残し、手分けして二カ所を掘る。金を掘り出したら、長屋の連中を皆殺しにして、逃げる」

不満そうに昌五郎が口をはさんだ。

「店子たちを監禁しなくてもいいんじゃねえか。押し込んですぐ殺してしまったほうが、余計な手間をかけずにすむ」

皮肉な目を向けて、銀次がこたえた。

「大家を合わせて安蔵店は十六所帯。夫婦者がほとんどだ。竹吉をのぞいて二十八人に大家ひとりの二十九人。おれたちは九人しかいない。ひとりで一所帯襲っても九所帯だ。残る七所帯の店子は物音と断末魔の叫び声を聞いて、何事かと家から飛び出してくるだろう。皆殺しできたらいいが、逃げられるかもしれねえ。そうなったら金を掘り出すこともできなくなる」

「それはそうだが」

「最初に押し込んだ家の店子を人質にする。つづけざまに襲い、店子たちを次々と人質にしていく。下手に逆らえば人質を殺すぞ、と脅しをかけていけば、騒ぎ立てる奴はいない。人質を縛り上げ一カ所に閉じ込め、金を掘り出す。金を手にした後、皆殺しにする。縛り上げた奴らを殺すんだ。こんな楽なことはねえ」

「よくわかった。話の腰を折ってすまねえ」

申し訳なさそうに、昌五郎が頭を下げた。

一同に視線を流して、銀次が告げた。

「店子たちを皆殺しにした後、上野のお山へ向かい、寛永寺裏の山中で金を分配して散る。白銀屋は今夜限りで放置する」

寅吉がぼやいた。

「もったいねえが、そうするしかない。今日の探索ぶりからみて、近いうちに抜け道は見つかるだろう」

上目使いに昌五郎が問いかけた。

「一味はどうなるんで」

「狐火一味はこれきりだ」

　こたえた銀次が、ことばを継いだ。

「新たに盗人一味をつくるつもりだ。一味にくわわりたかったら、千住のおれの隠れ家に顔を出してくれ。おれはこれからも盗人稼業に精を出す。どうするかは、みんなにまかせる」

　口をはさんで寅吉が言った。

「いやな思いをさせて店子たちを追い出すのも手だ。荒事を仕掛けて大ごとにするより、御上に知られないようにして事をおさめるのが一番、と言って譲らなかったのは、銀次兄貴、おまえさんだぜ。目論見は大はずれだ」

「安蔵店の店子たちは変だ。これだけ嫌がらせをつづければ、なみの奴らなら、とっくに引っ越しているだろう。それがいまだに居着いている。おれには、あいつらの気持ちがわからねえ」

「おれもそうだ。店子たち、何を考えていやがるのか」

　首を傾げて、寅吉がつぶやいた。

「さて、押し込みの支度にとりかかるか。着替えと有り金全部、必要なものはすべて持って行く。返り血を浴びるかもしれねえ。血まみれの出で立ちで木戸を通り抜けるわけにはいかないからな」

一同が険しい眼差しで顎を引いた。

北町奉行所を出た弥兵衛は茶屋に立ち寄った。

気づいて、お加代が駆け寄ってくる。

そばにきて、言った。

「そろそろ手伝わせてください。お松さんの許しは得ています」

ひた、と弥兵衛に目を据えている。決意のほどがうかがえた。

(駄目だ、と言ってもついてくるだろう)

そう判断した弥兵衛は、

「いいだろう。これから屋敷にもどり、町人姿に着替え仕込み杖を持って、安蔵店へ向かう」

「お松さんに、手伝いにいく、とつたえてきます」

満面に笑みを浮かべたお加代が、弥兵衛に背を向けた。

安蔵店の路地木戸を見張ることができる通り抜けに半次と啓太郎が潜んでいる。

やってくる弥兵衛とお加代を見て、啓太郎が声をかけた。

「親爺さんだ。呼んでくる」

無言で、半次がうなずいた。

通りへ出た啓太郎が弥兵衛たちに歩み寄る。

弥兵衛たちが足を止めた。

そばにきて啓太郎が話しかける。

「与作がきました。話し合った後、先に与作が姿を消し、ほどなくして太い眉の男と狐目、馬面の男が引き上げていきました」

「与作が、男たちに話しかけたのか」

「路地木戸から手招きした与作に、太い眉が近寄っていきました。知らない仲とはおもえません」

周りに視線を走らせて弥兵衛が言った。

「半次のところへ行こう」

「こっちです」

踵(きびす)を返した啓太郎に、弥兵衛とお加代がつづいた。

通り抜けに入るなり、弥兵衛が啓太郎と半次に告げた。

「眉の太い男は、三崎の彦造という二つ名を持つ、盗人狐火の万吉一味のひとりだ」

驚きに顔を歪(ゆが)めて啓太郎と半次、お加代が顔を見合わせた。

三人を見やって、弥兵衛がことばを重ねた。

「おそらく与作も狐火一味だろう。見られてもかまわない、と腹を決めて、手招きして彦造を呼んだ。そうとしかおもえぬ」

「それじゃ、奴らは何か企んでいるんですかい。それも大急ぎでやらなきゃならないようなことを」

声を上げた半次に、弥兵衛が応じた。

「様子をみよう。今夜は帰れないかもしれぬぞ」

三人が無言でうなずいた。

さらに弥兵衛が問いかけた。

「与作をつけてきた者はいなかったか」

「いませんでした」

「つけてきた者の気配もありませんでした」

相次いで半次と啓太郎がこたえた。

「そうか」

眉をひそめた弥兵衛が、啓太郎たちを見つめた。

「狐火一味と戦うことになるかもしれぬ。助っ人はいない。命がけの勝負になるぞ」

眦(まなじり)を決した三人が、口を真一文字に結び、大きくうなずいた。

二

深更四つ（午後十時）過ぎ、安蔵店の路地木戸の前には、頰被(ほおかぶ)りをし長脇差を帯びた男九人の姿があった。

狐火一味だった。

なかに、それぞれ二本の鋤(すき)を持ったふたりがいる。

長屋は寝静まっていた。

男たちは路地木戸を抜けて入って行く。

ふたりは、路地木戸のそばに鋤を置いた。

三人一組となった男たちは、両側の一番手前にある家の前に一組、路地木戸の脇から右へ入る横道へ一組が入って行った。

「やれ」

どぶ板右手の家の前に立って、銀次が下知する。

瞬間、男たちが表戸を蹴破って押し入った。

通り抜けにしゃがんで潜んでいた弥兵衛、啓太郎、半次、お加代が立ち上がる。

「親爺さん。行くぜ」

匕首（あいくち）を抜いて、半次が飛びだそうとする。啓太郎、お加代もならった。

瞬間、弥兵衛の声がかかる。

「待て」

動きを止めた三人が、怪訝そうに弥兵衛に目を向けた。

「見ろ。奴らには殺す気はなさそうだ」

一斉に見やった啓太郎、半次、お加代が瞠目（どうもく）する。

長脇差を突きつけられた夫婦者の店子たちが、両側の家から出てくる。見えないが、右手の家の裏側でも同じ様子だろう。

路地木戸から二番目の表戸の前で、人質になった店子が声をかけた。なかから表戸が開けられ、店子ふたりが出てくる。

両側の家で同様の光景が見られた。

人質の数がそれぞれ四人になった。

竹吉の住まいを除いて、路地木戸から奥へと順番に、同じことが繰り返され、次第に人質の数が増えていく。

路地木戸から見て、一番奥の左側の家に人質たちが集められた。

右手の裏側に住む店子たちと安蔵が、井戸の前を通り過ぎ、人質たちが閉じ込められている家に入れられた。

「店子たちを見張りやすいように一カ所に集めた。大家と店子たちは、いまのところ命を長らえそうだ。表に見張りがひとりいる。なかにはいった奴らは、おそらく逃げられないように人質を縛り上げているのだろう」

通り抜けで見張っている弥兵衛が言った。

小声で啓太郎が訊いた。

「いつ助けます」

「盗人のなかには盗んだ金が多額のときは、足がつくのをおそれて何度かに分けて分け前を渡す一味もある。狐火一味は鋤を四つ用意してきた。竹吉とお町母娘の家には、盗んだ金が埋められているに違いない。以前住んでいた丑造は狐火一味のひとりだ。分け前の残りを、時機がくるまで預かる役目を任されていたのだろう。奴らは必ず金を掘り出しにいく。人質を見張る組と金を掘り出す一組にわかれるはずだ。三組にわかれた後の見張りの数は多くて三人、不意をつけば店子たちを助け出せる」

「わかりやした」

「斬りかかるときは、合図してくだせえ」

相次いで啓太郎と半次がこたえた。

無言でお加代がうなずく。

狐火一味が表へ出てきた。

ふたりが鋤を取りに走る。

二人ずつ、竹吉とお町母娘の家へ向かい、表戸を開けた。

二本の鋤を持ったふたりのうちのひとりが竹吉の住まいへ、別のひとりがお町たちの家へ向かう。

表戸の前で待っていたふたりとともに、それぞれの家に入って行く。

表戸は閉められた。

土を掘る音が聞こえないようにしたのだろう。

行灯をつけたのか、それぞれの家から薄明かりが漏れている。

人質を閉じ込めた家の前に立つ、三人のうちのふたりが見張るためになかへ入った。

表戸が閉じられる。

表戸の前にいるのは、ひとりだけだった。

盗人被りをとる。

現れた顔は、彦造のものだった。

「入ったまま出てこない。金を掘り出しているのかな」

つぶやいた半次に弥兵衛が応じた。

「おそらくそうだろう」

わきから啓太郎が声を上げた
「だったら、しばらく出てこないはずだ」

お加代も小声で言った。

「あたしも、そうおもう」

耳を傾けて、気を注いだ弥兵衛が独り言ちた。

「気配がつかめぬ。仕方がない。もう待てぬ」

三人に顔を向けて、ことばを継いだ。

「突っ込む。斬り合いになるぞ。お加代は、少し離れて動け。わしらが路地木戸のそばに行ったら、表にいる見張りの顔を狙って針を吹け」

「わかりました」

こたえて目を光らせる。

「暗闇をたどってすすむ。できるだけ足音を消すのだ」

声をかけた弥兵衛が、姿勢を低くして歩を移した。

つづいた啓太郎と半次を、歩きだす間合いを計って、じっとお加代が見つめている。

三

風切り音が響いた。

気配を察して、彦造が振り向こうとする。

その瞬間……。

彦造の目に太い針が突き立った。

呻いてよろけた彦造の目に、杖を胸の前に掲げて駆け寄る、弥兵衛の姿が飛び込んできた。

長脇差を抜いた啓太郎、匕首を手にした半次がつづいている。

竹筒をくわえたお加代が、路地木戸を駆け抜ける姿も目をかすめた。

杖を左脇に構えた弥兵衛が、さらに走り寄る。

いつもの、ゆったりとした所作と違って、迅速な動きだった。

「どうした」

異変に気づいて、なかから長脇差を抜いた狐目が飛び出してくる。

その脇腹を、迫った弥兵衛が、仕込み杖の居合い抜きで斬り裂いていた。

目にもとまらぬ早業だった。

狐目が前のめりに倒れ込む。

突き立った針を抜こうともせず、涙のように溢れ出る血で頬を染めながら、彦造が長脇差を引き抜く。

そんな彦造に体当たりした半次が、胸元に深々と匕首を突き立てていた。

断末魔の絶叫を発し、激しく痙攣した彦造が長脇差を取り落とす。

倒れ込む彦造から匕首を引き抜きながら、半次が横へ飛ぶ。

半次に引きずられるように、彦造が横倒しに頽れた。

なかから剝き身の長脇差を手に飛び出してきた馬面に、啓太郎が飛びかかり長脇差を突き刺す。

抱き合うようにして、啓太郎と馬面が外へよろけ出た。

入れ替わりに飛び込んできた弥兵衛を見て、

「助けて」

「お願い」

両手、両足を縛られたまま、お直とお梅が悲鳴に似た声を上げる。

同じように縛られた安蔵が、躰をねじらせながら這い寄って声を高めた。

「きてくれたんですね。ありがたい。見捨てられたとおもった」

無言でうなずいた弥兵衛が、入ってきた半次と啓太郎、お加代に告げた。

「みんなの縄を解き、なかで警固しろ」

「わかりました」

「まかせてくだせえ」

相次いで啓太郎と半次がこたえた。

「すぐ解きますからね」

竹筒を懐（ふところ）に押し込みながら、お加代が安蔵に駆け寄る。

表へ出た弥兵衛が、複数の足音に気づいて振り向いた。

神田明神の境内に潜んでいたのか、紀一郎を先頭に同心数名、寄棒や突棒を手にした捕方（とりかた）ら十数名が石段を駆け下りてくる。

「境内にいたとは。殺気がなかったため、気配を感じなかったのか。まだまだ未熟」

つぶやいて、前方を見据える。

異変に気づいた銀次たちが、竹吉とお町母娘の家から飛び出してきて、弥兵衛に迫った。

「役人だ」

寅吉が叫ぶ。

「くそ、待ち伏せしていたのか」

怒鳴って銀次が周りを見渡す。

長屋の奥は行き止まりで逃げ場はない。

「人質をとって立て籠もるしか手はねえ。捕まってたまるか」

わめいた銀次が弥兵衛に斬りかかる。

表戸の前に立ち塞がった弥兵衛が、仕込み杖で銀次たち六人と斬り結ぶ。

駆け寄った紀一郎らが、銀次たちに斬りかかり、打ちかかる。

「爺、死ね」

斬りかかってきた銀次の長脇差を受け止めた弥兵衛が、刃を滑らせて鍔(つば)を撥ね上げる。

「くそっ」

のけぞった体勢を素早く立て直し、長脇差を振り回しながら襲いかかる銀次の脳天に、後ろから寄棒の一撃が炸裂する。

げっ、と呻いて銀次が崩れ落ちた。

倒れた銀次の向こうに、寄棒を手にした紀一郎が立っている。

「紀一郎か。ちと遅いぞ」

苦笑いして、紀一郎が応じた。

「金を掘り出して、なかから出てきたら絡め取ろうと、時機を窺（うかが）っていたのです。父上の動きが早すぎたのです」

「屁理屈をこねおって。大家と店子たちは殺されていたかもしれぬぞ」

「話は後で」

背中を向けた紀一郎が、狐火一味を引っ捕らえ、縄を打つ同心や捕方たちのほうへ歩み寄る。

「金を掘り出せ」

紀一郎の下知に捕方たち数名が二手にわかれて、竹吉とお町たちの家へ走り込んだ。

高手小手に縛り上げられた寅吉、伊八、与作ら五人のそばに、銀次、彦造、狐目、馬面の骸（むくろ）が横たえられている。

竹吉の家から、同心ひとりと、それぞれ一個ずつ壺を抱えた捕方三人が出てきた。立っている紀一郎のそばに、三個の壺が置かれている。お町たちの家の床下に埋まっていた壺だった。

「小判が詰まった壺は、これで全部か」

「全部です。目分量で千両はあるかと」

こたえた同心から居ならぶ捕方たちに視線を流して、紀一郎が告げる。

「引き上げる。誰か自身番へ行き、骸を片付けるようにつたえてこい」

「直ちに小者を走らせます」

同心が傍らの捕方に声をかける。

うなずいた捕方が路地木戸から走り出た。

紀一郎が弥兵衛を見やる。

視線を受け止めて、弥兵衛が無言でうなずいた。

先頭に立つ紀一郎に率いられた、壺を持った捕方たちがすすむ。その後を同心たちと、縄をかけられ数珠(じゅず)つなぎにされた、狐火一味の縄尻をとって引き立てる捕方たちがつづいた。

一味のなかに伊八の姿もある。

どぶ板沿いの一方に身を寄せて、弥兵衛、啓太郎、半次、お加代の後ろに店子たちが立っている。

「伊八さん」

突然、呼びかけて駆け寄ろうとしたお町の前に出て、弥兵衛が立ち塞がる。

顔を向け、首を横に振った。

恨めしげに弥兵衛を睨みつけたお町が、弥兵衛の横をすり抜けようとする。

躰を斜めにした弥兵衛が、お町の動きを制するように腕を伸ばし、行かせないようにして見据えた。

再びゆっくりと顔を横に振る。

気圧されたのか、お町が息を呑んで動きを止めた。

そばに寄ったお加代が、お町を抱きとめる。

なおも、後を追おうとお町がもがいた。

懸命にお加代が抱きしめる。

啓太郎が半次に目を向けた。

(おれたちがたすけなきゃ殺されていたのに、何てことだ)

半ば呆れた様子の啓太郎の目が、そう言っている。

無言で、半次がうなずいた。

四

翌日、弥兵衛は久しぶりに茶屋で働いていた。ほとんど寝ていない。が、一件が落着したことで気分はよかった。

茶屋の客たちを、お松ひとりで世話するのは、端（はな）から無理だった。今日は弥兵衛も、丸盆に茶を満たした茶碗数個を載せて運んでいる。

屋敷に帰ったのは明六つ（午前六時）近かった。

今夜は離れで一件落着の祝いをやることになっている。半次と啓太郎は昼過ぎまで寝て、祝いの支度にとりかかることになっていた。お加代は、仮眠をとり、昼前に茶屋へ出て働いている。

夕七つ（午後四時）過ぎに、茶屋に顔を出した紀一郎がお松に声をかけ、裏手の濠沿いに弥兵衛を呼び出した。

水面を、酒樽を積んだ荷船と空の船が行き交っている。

茶屋の裏口から出てきた弥兵衛に気づいて、岸辺に立つ紀一郎が微笑んだ。

疲れた顔をしている。

肩をならべて、弥兵衛が声をかけた。

「寝てないのか」

「狐火一味を吟味場に押し込めて問いただしました。悪事をなしている場で捕らえられ、言い逃れはできぬと観念したか、あっさりと抜け穴の出入り口を白状しました。とりあえず牢に入れ、配下の同心と小者たちとともに白銀屋へ向かい、たしかめてきました」

「竹吉は殺されていたか」

「地下の抜け道の途中に、町人の骸が転がっていました。心の臓を一突き、見事なまでの殺し方でした。刺されて、すぐに息絶えたとおもわれます」

「助けられた命だった」

沈んだ弥兵衛のつぶやきだった。

「盗人宿の白銀屋の主人になりきっていた寅吉という盗人が言っていました。竹吉は口が軽くて、欲深な奴だ。寅吉たちの味方面をして、父上の悪口や手先の者たちの動きを喋りまくったそうです。その話から、どんなことをやったら店子たちが厭がるか、新たな手立てがみつかった、と寅吉が言っていました」

「そうか。わしを嫌っていたか」

ため息をついた弥兵衛が、ことばを継いで訊いた。

「抜け道の、外への出入り口は稲荷社の台座か」

「そうです。台座の四隅に四枚の一枚板を固定するために、三角形の細長い石がはめ込まれていました。社の台座の後ろ側、左右にはめ込まれた石に仕掛けがありました」

「裏側左右にはめこまれた三角形の石が上下できたのか」

訊きながら、弥兵衛は花札の仕掛け札を思い浮かべていた。

「下へ引くと、台座の一枚板が下へ下がり、出入り口が開きます。閉じるときは一枚板を持ち上げ、三角形の石を上に押し上げる。その石は、くさびの役割を果たしていました。不便だが、出るときにはふたりがかりで、入るときはひとりで戸がわりの一枚板を上げ下げしていたそうです。一枚板の石は動かしやすい軽石でした」

「白銀屋には人相の悪い男たちは出入りしていない、と聞き込んだ相手が言っていた。畜生働きで荒稼ぎをしていた狐火一味は、用心の上に用心を重ねていたのだな」

「安蔵店の二カ所に埋められていた狐火一味の金は、総額二千両。埋めた主の丑造は盗人、すでに死んでいます。落とし物の扱いになるかどうか、持主がいない金として扱うべきか、あるいは埋蔵金として処置されるべきか、はたまた闕所の罪で処断された商人から没収した金と同様に扱うのか。年番方与力の間で、金の扱いをめぐって揉めに揉めているようです」

「御奉行は何と言われているのだ」

「名奉行と評判の南町奉行の根岸肥前守様と違って、北町奉行の永田備前守様は凡庸なお方、年番方与力の合議の結果に委ねようと仰有っている、と聞いています。中山様も困っておられます」

うむ、うなずいて弥兵衛が告げた。

「此度は盗まれた金だ。持主ははっきりしている」

「そこが問題なのです。狐火一味に押し込まれた店は家人奉公人が皆殺しにあっています。持主がこの世にいないのです」

「たしかに」

紀一郎が訊いてきた。

「父上、今夜は閑ですか」

「駄目だ。離れで啓太郎や半次と落着祝いをやることになっている」

眉をひそめて、紀一郎が言った。

「落着祝いを明日に延ばすことはできませんか。実は中山様が父上の例繰方としての経験のなかで、此度の一件に似た事件に心当たりがないか、もしあれば知恵を借りたいと言っておられるのです。何とかなりませぬか」

「そうだな。早めに中山殿の屋敷へ出向き、話を終えて祝いにくわわるようにしよう。中山殿には、此度も気遣いしてもらったからな」

「そうしてくれますか。これから奉行所にもどり、中山様にその旨をつたえます」

「暮六つには、屋敷にうかがう、と中山殿につたえてくれ」

「承知しました。では、後ほど」

紀一郎が踵を返した。

屋敷の一室で、弥兵衛が中山と話している。弥兵衛の斜め脇に紀一郎が控えていた。

御定書百箇条に拾物取計之事というくだりがある。

一、拾物出候は三日晒しの上、落とし主出候は、金子は落とし主と拾い主半分ずつ取らせ申し候。反物類に候は残らず本人に返し、相応の礼、致させるべきこと。ただし、落とし主相知らず候は六カ月見合い置き、落とし主これ無きは、拾い候主に残らず取らせ申すべきこと。

落とし物は当然届け出るべき、と決められている。

が、落とし物を拾って、届け出ないまま自分のものにしても、発覚しないかぎりお咎めはなかった。

御定書百箇条の拾物取計之事について話した後、弥兵衛は告げた。

「此度の一件と類似している事例は、私の知る限りありません。ただ、私なりに、どうすればいいか考えていることはあります」

「その考え、話してもらえぬか」

身を乗り出した中山に、弥兵衛が話し始めた。

「北町奉行所で金を預かり、制約をつけて、盗まれた主と金を隠し置かれた安蔵店の店子たちに、奉行所の管理のもと、それぞれ上限千両までは使わせるというものです」

「どんな制約をつけるのだ」

「まだ考えておりませぬ」

「考えたら教えてもらいたい」

「承知しました」

話し合いは、半時（一時間）ほどで終わった。

離れにもどってきた弥兵衛は、勝手の板敷きに座り、徳利を前に、塩を肴がわりにして茶碗で酒を呑んでいる、啓太郎と半次を見やって微笑んだ。ふたりに近寄り、向き合うように座る。

少し酔っているのか、とろんとした目を向けて啓太郎が訊いてきた。

「親爺さん。店子たちについて、どうにもわからないことがあるんですが」

「何だ」

わきから半次が口をはさんだ。

「あれだけ厭な思いしていたのに店子たちは、なぜ引っ越さなかったんでしょう」

「おれが知りたいのも、そのわけだ」

身を乗り出した啓太郎と半次を見やって、弥兵衛が告げた。

「引っ越したくても、引っ越せなかったんだ」

「引っ越せなかった」

「何で」

ほとんど同時に啓太郎と半次が素っ頓狂な声を上げた。

「八歳になったばかりの自分の子供たちを、店子たちは食い扶持減らしのために奉公に出さざるをえなかった。そんな店子たちの貧しさが、安蔵店から引っ越すことができなかった理由だ。店子たちは引っ越したくても、引っ越す金がなかった。我慢するしかなかったんだ」

「そういうことですか」

相次いで半次と啓太郎がつぶやき、肩を落とした。

「そうか」

「呑むか」

突然啓太郎が声を高めた。

「呑もう」

と半次が湯飲みを掲げる。

一気呑みをする。

負けじと啓太郎も一気呑みをした。

手酌で湯飲みに酒を注いだ半次が、再び一気飲みをする。

啓太郎も半次にならった。

そんなことが何度も繰り返された。

空の茶飲みを手にした弥兵衛が、そんなふたりを包み込むような、慈(いつく)しむ眼差しで見つめている。

五

翌朝、祝いの酒を呑みすぎたか二日酔いのぼんやりした顔つきで、着替えをくるんだ風呂敷包みを持った啓太郎と半次が、茶屋へ出かける弥兵衛、お松、お加代とともに離れを後にした。

やってきた弥兵衛たちが足を止め、訝(いぶか)しげに顔を見合わせた。

茶屋の前に人だかりがしている。

気づいたのか、人だかりのなかのふたりが、弥兵衛たちに小走りに近寄ってきた。

お直とお梅だった。

他の店子たちも、ふたりにつづく。なかに安蔵やお町の姿もあった。店子たちが、弥兵衛たちを取り囲む。安蔵店の店子全員が揃っていた。

しゃしゃり出て、お梅が声をかけてきた。

「弥兵衛さん、お願いがあってきたんだ」

「お願い？」

問いかけた弥兵衛に、横から安蔵が言った。

「捕物が終わり、弥兵衛さんたちが引き上げた後、みんなで大騒ぎになったんだ。竹吉とお近さんたちの家の床下から掘り出された金は、落とし物じゃないか。落とし物なら三日間高札場に掲げて晒し、落とし主が現れなければ、長屋みんなの物だろう、とお直さんとお梅さんが言い出して、知恵者の弥兵衛さんに頼もうということになり」

「押しかけてきた、というわけか」

迷惑そうに、弥兵衛が応じた。

面目なさそうに安蔵が言った。

「止めたんだが、みんな聞く耳もたずでね。それでつい、いまは隠居して茶屋の主人だが、弥兵衛さんは以前は北町奉行所の与力だったんだ。簡単に相談に乗ってくれる相手じゃないよ、と言ったら、それが火に油を注ぐようなことになっちまった。そんな立場の方なら、頼みがいがある。押しかけようとなって。いや、実に申し訳ありません」

頭を下げた。

渋面をつくって弥兵衛が一同を見渡した。

「わしに、そんな力はない。引き上げてくれ」

一歩前に出て、お直が声を高めた。

「そんなつれないことを言わないで、相談に乗ってくださいな」

甲高い声でお梅が迫る。

「頼りになるのは、弥兵衛さんだけ。頼みますよ」

「お願いします」

「おれたちを救ってください」

「貧乏暮らしはもういやだ」

店子たちが口々に言い立てる。

途方にくれて弥兵衛がため息をついた。

そんななか、お町が啓太郎に歩み寄り、小声で訊いた。

「伊八さんは、どうなるんでしょう」

困惑して、啓太郎がこたえた。

「おれにはわからねえ。知らねえよ」

傍らにいた半次が口をはさんだ。

「あいつは畜生働きの盗人だ。三尺高い木の上で、晒し首の憂き目にあうだろうよ」

「そんな。伊八さんは、あたしにはいい人だった」

涙ぐむお町を、

「情け容赦なく人を殺しつづけた一味の仲間だ。竹吉さんは、白銀屋の抜け道で骸になってみつかったんだぜ」

半次が突き放した。

聞きとがめて弥兵衛が告げた。

「余計なことを言うんじゃない。話してしまったわしも悪いが、探索上、まだ表に出していないことだぞ」

厳しい声音に半次が首をすくめた。

「申し訳ねえ。つい口がすべった」

「竹吉さんが殺された」

「何てこった」

店子たちが騒ぎたてた。

顔を押さえて、お町が嗚咽する。

あわててお加代がお町のそばに寄り、肩を抱いた。

「泣かないでお町さん。茶でも飲んで、気持ちを静めて」

引きずるようにして、お町を茶屋へ連れていく。お松と、心配したお近がふたりの後を追った。

顔を寄せて、弥兵衛が安蔵に告げる。

「みんなを連れて引き上げてくれ」

「わかりました」

うなずいた安蔵に、

「支度がある。行かせてもらうよ」

声をかけて弥兵衛が歩き出す。啓太郎と半次がつづいた。

茶屋に入った啓太郎が、立ち去ろうとしない店子たちを振り返る。

「一悶着ありそうだ。もう少し離れに泊まり込むか」

「駄目だよ。おっ母さんが待っている。酔いざましの茶を一杯、飲ませてあげるから、飲んだら家に帰るんだよ」

有無を言わせぬお松の物言いに、

「わかった。そうするよ」

こたえて啓太郎がしょぼくれる。

半次が声を上げた。

「おれは茶はいらねえ。外に泊まったことについて、言い訳しなきゃならねえ。たっぷり冷や汗をかけば、酔いも醒める」

振り向いて、つづけた。

「親爺さん、引き上げます」

頭を下げた半次に弥兵衛が、

「またな」

笑みをたたえて告げた。

安蔵たちに目を向ける。

店子たちが安蔵を囲んで、何やら言いつのっている。

渋い顔になった弥兵衛が、

（どうしたものか）

胸中でつぶやいて、首を傾げた。

六

店子たちは三日つづけて、茶屋に押しかけてきた。少し離れて、弥兵衛が出てくるのを待っている。

わずかでも弥兵衛が姿を現すと、店子たちが小走りに近寄ってきた。

（客の迷惑になる）

そう判じて、あわててなかに入る弥兵衛だった。

昼八つ（午後二時）過ぎると店子たちは引き上げていく。

洗い物を取り込んだり、夕飯の支度をするためだろう。

その日の夜、紀一郎が離れに顔を出した。

自室に呼び入れ、弥兵衛は紀一郎と向かいあう。

座るなり、紀一郎が口を開いた。

「明日、年番方与力用部屋へ顔を出してください。中山様が『安蔵店の隠し金の一件で、同役と侃々諤々（かんかんがくがく）やりあった。どうにも話がまとまらない。結句、隠居されたが例繰方の生き字引、と評された松浦殿の知恵を借りよう、という話に落ち着いた。申し訳ないがご足労願いたい』と申しておられます」

「中山殿はともかく、同役の方々は、どんな意見を述べられておるのだ」

「当初は、家人が皆殺しにあって引き取り手のない金、没収でいいのではないか、という意見をお二方が述べておられたそうです。が、話し合っていくうちに、安蔵店の店子のひとりが狐火一味に殺されている。世間の口に戸は立てられぬ。人質にとられ、怖い思いをした店子たちに情けをかけたような扱いをしたほうが、御上はよき裁きをなされた、と噂され、後々何かといいのではないか、という意見に変わっていったと聞いております」

「そういうことなら、話のしがいがある。行こう」

「『松浦殿には腹案があるはず。その線でまとまるよう話をすすめたい』と中山さまが仰有っていました」

「考えはまとまっている。此度の一件では、わしの半端な動き方から店子ひとりを死なせてしまった。もっと強く意見をし、強引とおもわれようとも白銀屋との取引を止めさせれば、竹吉は死なずにすんだはずだ。しくじった。怖い思いをしていた店子たちだ。少しぐらい、よい思いをさせてやりたい」

「うまく運ぶといいですね」

「そうだな」

顔を見合わせ、弥兵衛と紀一郎が微笑みを浮かべた。

翌日、北町奉行所年番方与力用部屋で、武士の出で立ちの弥兵衛と中山ら年番方与力ふたりが向き合って座っていた。紀一郎の姿はない。

話し始めて半時（一時間）は過ぎている。

「松浦殿からいただいた貴重な意見を、此度の安蔵店に隠し置かれた盗人金の扱いに取り入れたいとおもうが、方々いかがか」

同役のふたりに視線を流して、中山が訊いた。

「異論はない」

「情けあるお裁き、と町人たちは、さぞ此度の処置を噂しあうでしょう」

ふたりが相次いで応じた。

視線を弥兵衛にもどして中山が告げた。

「拙者が、松浦殿が立案された手立てを今一度述べる。間違いがあったら訂正してもらいたい」

「承知しました」

安蔵店の店子たちについては、安蔵店を管轄する名主に千両預け、大家と店子が連名で、その都度願書を名主に届け出るという約定のもと、店賃を二カ月以上滞納したときには肩代わりする。盆と正月の祝い金として一所帯二分ずつを下げ渡す。ただし、この下げ渡し金は、現時点で安蔵店に住む店子たちにのみ適用される。下げ渡し金の上限は千両であり、使い切った時は終了する。

狐火一味に押し込まれた店の家人の生き残り、奉公人の残された家人についてては北町奉行所において千両保管し、高札場にて、見舞金下げ渡しのことを記した高札を三日間掲げて晒した後、名乗り出た、身元請け人のいる者に対してのみ、それぞれ金五両、見舞金として下げ渡す。下げ渡し金の上限は千両であり、使い切ったときに終了する。

一語一語嚙みしめるように告げた中山に、弥兵衛がこたえた。

「間違いありませぬ」

「後は御奉行の認許を得次第、関係各所の手続きに入る所存。松浦殿、ご苦労でござった」

「店子や残された家人たちのこと、何卒よろしくお頼み申します」

弥兵衛が頭を下げた。

七

狐火一味が捕らえられて半月後、名主、居付地主と安蔵が長屋の床下に埋められていた金の扱いについて北町奉行所に呼び出された。

早く結果を知りたいのか、店子たちが茶屋の近くで待っている。

他にも待っている者がいた。啓太郎と半次が、外の縁台に腰かけて茶を飲んでいる。

下番に呼び出され、

「おい」

とこたえて安蔵たちが北町奉行所へ入っていった。

一刻（二時間）後、出てきた安蔵たちに店子たちが駆け寄る。

群がる店子たちに、名主と居付地主がさりげなく安蔵から離れた。

何やら安蔵が話している。

「溜まった店賃を、御上が肩代わりしてくれるのかい」

万歳して、お直が大声を上げた。

「盆暮れに祝い金も、もらえるんだ」

飛び上がるようにしてお梅が叫んだ。

「その金で子供たちに古着の一枚も買ってやれるね」

ほかの嬶が弾んだ声を上げた。

大はしゃぎで店子たちが安蔵に抱きつく。

揉みくちゃにされながら、茶屋の前に出てきた弥兵衛に気づいて、安蔵が頭を下げた。

そんな様子を、微笑みを浮かべて弥兵衛が眺めている。

啓太郎と半次が縁台から立ち上がる。

店子たちが安蔵を取り囲み、はしゃぎながら立ち去っていった。名主と居付地主は少し離れて歩いていく。

肩をならべた啓太郎が、弥兵衛に話しかけた。

「何てこった。おれたちは蚊帳(かや)の外ですぜ」

傍らに立った半次もぼやく。

「情けは人のためならずというが、つくづく身に染みたな」

ふたりに笑いかけて、弥兵衛がいった。

「一番いいおもいをしたのはおれたちだ。人助けをする場に出くわして、いい気分になれた。存分に捕物を楽しんだ。そうだろう」

「そういわれれば、そんな気がする」

「親爺さんもいいこと言うぜ」

相次いで啓太郎と半次が応じ、笑みを浮かべた。

丸盆を手にしたお加代が、足を止め、微笑んで弥兵衛たちを見ている。

お松が呼びかけた。

「旦那さん、お加代、働いて。お客さまがお待ちですよ」

はっとして、弥兵衛が焦った。

「その通りだ。饅頭をつくらなきゃ」

あわてて小走りに奥へ入っていく。

縁台に向かいながら啓太郎が声をかける。

「茶を一杯。おもいきり渋いやつ」

つづけて半次も声を上げた。

「おれもだ」

うなずいたお加代が、

「すぐ持っていく」

駆け足で奥へ入って行く。

下番が茶屋に歩み寄って、呼ばわる。

「富沢町、名主幸兵衛、地主弁助、地主千右衛門。地境争い一件の者、入りましょう」

「おい」

とこたえる声が聞こえた。

立ち上がった客たちに、ちらり、と目を走らせ、お加代が茶を運ぶ。

衝立（ついたて）のなかに入り、

「お代を」

とお松が丸盆を差し出した。

板場で、弥兵衛が鍋をかけた七輪の前にしゃがんでいる。

鍋のなかには餡子（あんこ）が入っていた。

菜（さい）ばしで餡子をすくった弥兵衛が、指にのせて嘗（な）める。

「うまい。ほどよい甘み。いい仕上がりだ」

目尻を下げた弥兵衛が、満足げに微笑んだ。

本書は書き下ろしです。

実業之日本社文庫 よ57

北町奉行所前腰掛け茶屋

2021年4月15日　初版第1刷発行

著　者　吉田雄亮

発行者　岩野裕一
発行所　株式会社実業之日本社
〒107-0062　東京都港区南青山5-4-30
CoSTUME NATIONAL Aoyama Complex 2F
電話［編集］03(6809)0473［販売］03(6809)0495
ホームページ　https://www.j-n.co.jp/
ＤＴＰ　ラッシュ
印刷所　大日本印刷株式会社
製本所　大日本印刷株式会社

フォーマットデザイン　鈴木正道(Suzuki Design)

ISBN978-4-408-55660-4（第二文芸）